아마도 모두의 이야기

아마도
모두의
이야기

아모이 지음

알에이치코리아

프롤로그

이야기하는 사람으로 살고 싶다고 생각해 왔습니다. 글 쓰는 것도, 그림 그리는 것도 좋아하니 글쟁이나 그림쟁이 중 무엇이 되어도 좋겠고, 이왕이면 둘 다 할 수 있도록 그림책 작가나 만화가가 되면 좋지 않을까, 막연히 생각해 왔어요. 그렇게 생각만 하다가 20대를 흘려보냈습니다. 대학을 졸업하고, 평범한 회사원이 되었다가 회사를 그만두고 결혼을 했습니다. 그렇게 30대가 되고 나니 무언가를 새로 시작하기엔 너무 늦은 것처럼 느껴졌습니다.

차일피일 미루기만 하던 저에게 용기를 준 건 남편이었습니다. '준비되는 때는 없으니 일단 그려서 올려 보라'는 그의 말을 듣고, 인스타그램에 만화를 올리기 시작했습니다. 만화는 정말 사소한 것에서부터 시작했어요. 혼자 코인노래방에 간 이야기, 남편과 짜파게티를 세 개씩 끓여 먹는 이야기 등 우리 부부가 살아가는 일상이었지요. 지극히 개인적인 일상이라고 생각했는데 많은 사람들이 공감하고 재밌어했습니다. 신기한 일이었어요.

그리고 아이를 낳게 되었습니다. 임신 준비부터 출산, 아기가 두 돌이 된 지금까지도 하루하루가 온통 처음 겪는 일들이었습니다. 새롭고 어려운 일들. 하지만 그 과정을 설명할 언어를 찾는 건 쉽지 않았습니다. '힘들다'와 '행복하다' 사이에 가려진 감정들을 찾아내고 싶었어요. 언어화되지 못하고 지나가는 엄마의 하루를 잡아내고 싶었습니다.

임신을 하면서부터 스스로가 지나치게 유별난 것은 아닌지 걱정했습니다. 아이를 키우면서도 마찬가지이지요. 내가 어떤 부분이 힘들었는지, 그리고 어떤 부분이 행복했는지 누군가와 나누고, 누군가에게 이해시키고 싶다는 마음으로 그림을 그렸습니다. 꾸미지도 덜지도 않은 일상을 그대로 담아냈지요. 신기하게도 있는 그대로를 그릴수록 공감하는 사람들이 많아졌습니다. 사람들은 우리 모두 겪는 이야기라고 말해주었지요. 솔직하게 그렸던 만화에 공감하는 사람들을 보며 저 역시 위로를 받았습니다. 한편으론 제 만화에 공감하는 사람들이 많아질수록 내가 살아가는 일상이 아마도 모두가 사는 이야기일 수 있겠다는 생각이 들었습니다. 그렇게 제가 그리는 이야기는 모두와 만나서 정말로 '아마도 모두의 이야기'가 되어갔습니다.

SNS 속 사람들의 일상은 화려해 보이지만, 실은 우리가 살아가는 모습은 대부분 비슷하고 많은 부분이 닮아있어요. 아이를 키우는 부모들의 일상은 더 그렇겠지요. 생각보다 단조롭고 소박합니다. 책임의 루틴이 반복되지요. 하지만 그런 일상 속에 자리 잡은 굵직한 행복들 덕에 우린 매일을 기꺼이 즐기며 나아가는 것이겠죠. 나의 눈물은 유난스럽지 않고, 당신의 것도 그렇다고 믿어요. 우리가 느끼는 일상의 감정들에 유난스러울 것은 없습니다. 제 만화가 한 명의 가족 구성원이라도 더 서로를 이해할 수 있게 도와준다면, 언어화되지 못했던 감정들을 전달하는 매개체가 된다면 더할 나위 없이 행복할 것 같아요.

저는 어느새 육아 만화를 그리는 사람이 되었습니다. 10대 시절부터 바라던 것을 애 엄마가 되어 이룰 거라고는 생각지 못했습니다. 새봄이를 낳고서야 무언가를 시작하기에 늦은 나이는 없다는 것을, 그리고 엄마가 되어도 계속 꿈을 꿀 수 있다는 것을 배웠습니다. 저는 호호 할머니가 되어서도 이야기를 하는 사람으로 남고자 해요. 그때는 아주 다른 이야기를 할지도 모를 일이지만, 이 책을 읽은 당신이 저의 첫 번째 이야기가 마음에 든다면 앞으로도 오래 함께해 주세요.

아모이

목차

프롤로그 · 4

1부

비슷하지만
단 하나인 임신 출산기

2부

행복한 엄마이자
딸이자 내가 되어가는 중

3부

그렇게 가족이 된다

1부

비슷하지만
단 하나인 임신 출산기

이 세상에 날 걱정해 주는 사람들은 정말 많지만
나이가 들수록 느끼는 건

엄마가 된다

잘 지내지?

요즘 어때?

별일 없지?

밥 먹었어?

엄마만큼 날 걱정하는 사람은 없다는 거야.

감기 기운 있다더니
좀 괜찮아?

밥은 먹었어?

감기? 아,
그거 며칠 전에 잠깐 앓았어.

지나가듯 말한 건데 아직도 기억하네.

여전히 내 생각과 걱정으로 많은 시간을
보내는 엄말 보면서

엄마란, 끝이 없는 책임과 일을 짊어져야 하는
존재가 아닐까 생각했어.

엄마 인생에 내가 짐이 된 적은 없었을까,
생각한 적도 있었지.

그래도 이젠 다 컸다고 생각했는데,
난 아직도 울 때면 엄마를 부르곤 해.

'엄마'는 아무도 대체해 줄 수 없는 존재잖아.

세상에 단 하나뿐인 사람.

한 사람의 인생에서 그런 존재가 된다는 건
어떤 기분이야?

엄마,
나도 엄마처럼 좋은 엄마가 될 수 있을까?

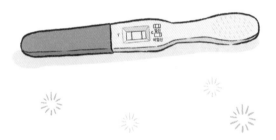

대부분 결혼 후에 2세 계획을 세웁니다.

나의 2세라····

호오····

아기 계획

많은 선택지 안에서 서로의 의견을 맞추게 되죠.

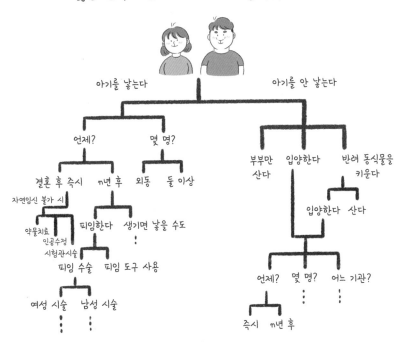

아기를 낳는다 / 아기를 안 낳는다

언제? / 몇 명?

결혼 후 즉시 / n년 후 / 외동 / 둘 이상

자연임신 불가 시

약물치료 / 인공수정 / 시험관시술

피임한다 / 생기면 낳을 수도

피임 수술 / 피임 도구 사용

여성 시술 / 남성 시술

부부만 산다 / 입양한다 / 반려 동식물을 키운다

입양한다 / 산다

언제? / 몇 명? / 어느 기관?

즉시 / n년 후

저희 부부는 결혼 전부터 의견이 같았습니다.

일단 신혼을 충분히 즐기자!

그럴 수 있었던 이유는···
둘 다 아기를 전-혀 좋아하지 않았기 때문이에요.

그리하여 저희 부부는 마음껏 신혼을 즐기기로 했는데,

예상치 못한 문제가 있었습니다.

각자 생각하는 '신혼의 기간'이 전혀 달랐기 때문이죠.

그렇게 1년이 지나자 저희 부부에게
갈등이 생기기 시작했습니다.

결혼한 지 1년이 되기 전부터
제겐 변화가 찾아왔습니다.

안녕하세요,
인사해야지.

안냐세옹!

신기하게도 아기들이 귀여워 보이기 시작했어요.

안~녀엉?
아휴, 귀여워라.

히죽

히죽

아직 어린 생명체를
다루는 데 서툰 미소 →

어···

슬금 슬금

23

결혼 1주년을 앞두고 남편과 진지한 얘기를 하기로 했죠.

우리가 아이 없이 살 게 아니라면···
임신은 나에게 인생의 큰 숙제나 마찬가지야.

아무래도
후딱 해야겠어.

어이구,
언제 다 하냐.

육아

출산

임신

앞으로 어떤 인생 계획을 세우든
임신이 신경 쓰일 거야.

게다가 나 다낭성 난소증후군도 있어서
최대한 젊을 때 빨리 임신하고 싶어.

그게 뭐야?
심각한 거야?

아니, 가임기 여성들에게 흔한 건데
없는 사람보단 임신이 어려울 수 있대.

괜찮아~

* 다낭성 난소증후군:
일종의 배란장애 질환으로 무월경, 생리 불순, 부정출혈, 난임 등의 증상을 동반한다.

저희는 그렇게 (서로 다른 꿍꿍이를 갖고)
극적 타협을 보았습니다.

무조건 임신이 되는 거라고 생각했습니다.

제게 NO피임은 곧 임신을 뜻하기도 했죠.

삼신할매의 선택

그래서 남편과 타협을 본 후, 저는

곧 임신이 될 거라 생각하고 있었죠.

하지만 임신은 계획한다고
무조건 되는 게 아니더군요.

매달 시작하는 생리는
불합격 통보처럼 느껴졌고

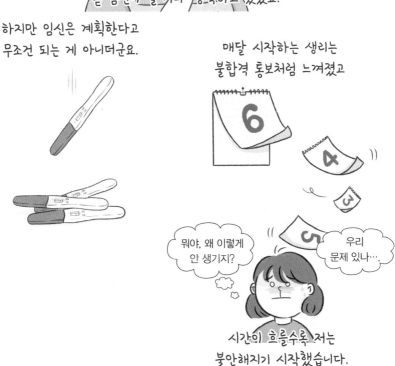

시간이 흐를수록 저는
불안해지기 시작했습니다.

생명이 생기는 건 인간의
영역을 벗어난 부분이라

절실히 원하는 사람에게만 찾아오지 않는 것.

그리고 그즈음 친한 언니를 만났습니다.

그날 저는 '배테기(배란테스트기)'라는 걸 알게 됐습니다.

한 달 중 임신이 잘되는 때는 언제일까요?

배테기의 마법

3월

그 시기를 바로 '배란기'라고 하는데요.

보통 생리 예정일 2주 전을 '배란일'이라고 합니다.

	화	수	목	금	토
	3	4	5	6	7
배란기 8	9	10	11	12	13	14
15				20	21
22		24	25	26	27	18
29	30	31			

배란일

다음 생리예정일

* 배란: 난소에서 성숙한 난자가 배출되는 현상으로, 이때 정자와 수정되면 임신이 됨.

하지만 사람마다 생리 주기가 다르기 때문에 정확한 배란일을 알기 위해서는

산부인과를 방문해 검사를 받거나

배란테스트기를 이용하는 것이 좋습니다.

저는 친구의 말대로 배란테스트기를 샀습니다.

여기저기에서 들은 정보에 따르면

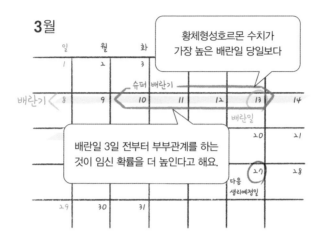

그 말인즉슨··· 배란일이 임박한 동안은

열심히 할 일을 하면 된다는 것 ♥

그렇다고는 해도 사실 별 기대는 하지 않았습니다.

39

그런데 배란기가 지나고 머지 않아
평소와 다른 증상들이 느껴지기 시작했습니다.

태몽의 특징이라 하면

평소에 잘 보지 않던 동물
꿈을 꾼다던가,

꿈에 등장한 물건들이
생생히 기억난다고들 하죠.

알록달록

푸짐

전 결혼 전에는
매일 꿈을 꾸는 편이었는데

결혼 후부터는
꿈을 거의 안 꾸게 되었어요.

근데 그날은 오랜만에 아주 생생한 꿈을 꾸었죠.

* 때는 19년 12월

'새봄'이란 태명은 이렇게 지어졌다는 뒷이야기.

그날은 영화를 보는 내내 잠이 미친듯이 쏟아졌습니다.

결국 집으로 돌아와 9시부터 잠이 들었습니다.

그 외에는 식욕이 왕성해진다던가,

다 내 거다!

어웅, 마이쪄!

우와, 자기 요즘 나만큼 먹는 것 같아.

* 이 시기에 3킬로그램이나 쪄버렸답니다.

자궁을 콕콕 찌르는 느낌이 들곤 했습니다.

이런 느낌은 처음인데….

작은 이쑤시개로 콕콕 찌르는 느낌 또는 작은 폭죽이 안에서 퐁퐁 터지는 느낌.

대부분 여자들은 생리 시작일 전에 곧 생리가 시작할 것
같은 증상들을 느끼는데요,

손발, 몸이
붓는 부종

가슴 통증

넘치는 식욕

쏟아지는 졸음

ㄹㄹㄹ

무기력,
우울증 등

* 월경 전 증후군(PMS, premenstrual syndrome):
월경 시작되기 전, 여성들이 신체적 이상 및 심리적 불안 등을 겪는 것을 말함.

나 왔다, 이놈아!

아니, 매번 뭐
이렇게 예고도 없이
오냐고!

빠-각!

생 리

서프라이즈~!

다낭성 난소증후군과
무딘 몸뚱아리의 →
환상적 컬러버레이션

저는 PMS가 거의 없던 편이어서
제게 느껴지는 변화들이 더 크게 다가왔습니다.

하지만 한편으로는 괜한 기대를 다스릴 필요도 있었죠.

평소엔 임테기를 써도 남편에게 말하지 않았지만

이번 달도 아니구먼.

슈~웅

자기야~ 오늘 저녁 치맥 먹으러 나갈까?

이번엔 달랐습니다.

내 눈엔 아주 희미한 선 하나가 더 보인다… 보여.

…도대체 어디에? 시약선 비치는 거 아니야?

자기도 좀 더 자세히 봐. 뭔가 보이지 않아?

글쎄….

…는 거짓말이었죠.

* 얼리 임테기: 일반 임신테스트기보다 더 일찍 임신 결과를 알 수 있는 제품

시간이 지날수록 선은 점점 더 진해졌고

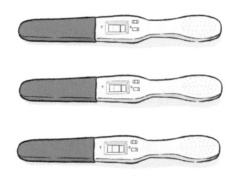

* 한 달을 참지 못해 4일에 한 번씩 해봤습니다….

생리 예정일 아침에는
아주 선명한 두 줄을 볼 수 있었습니다.

아… 드디어!!
이 얼마나 기다리던 두 줄인가…!

이젠 남편에게 이 소식을 알려야 할 차례였죠.

임신 전에는 임신 소식을 알리는
여러 이벤트를 생각하곤 했는데

막상 그런 순간이 오니 한 시간도 채 참지 못하고

남편에게 바로 전화를 했습니다.

비하인드 컷

그리고 그 축하는

246번 정도 우려먹었다는 이야기···.

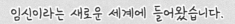

임신이라는 새로운 세계에 들어왔습니다.

많은 사람들의 축하에
모든 것이 아름다워 보이기만 합니다.

곧 다가올 엄청난 시련을 모르고 말이죠.

입덧의 늪

보통의 숙취가 이렇다면

입덧은 이런 느낌입니다. (a.k.a 끝나지 않는 숙취의 늪)

먹을 수도 안 먹을 수도 없는 생지옥에 갇힌 느낌.

입덧을 하면 시각, 후각이
무척 예민해지는데
이 때문에 임신 초기에는
매분매초 마음속으로 어지러움과
사투를 벌이곤 합니다.

근데 마치 개복치가 된 것만 같아서

아주 작은 자극에도
바로 토를 해버리는 초예민 몸뚱아리가 되고 말죠.

그리고 저에겐
조금 특이한 입덧이 같이 오기도 했습니다.

제가 겪은 특이한 입덧은 바로…
인스타덧(?)이었습니다.

으어…. 인스타만 보면 울렁울렁해.

~어질~

~어질~

~어~질~

~어질~

보통 먹덧, 토덧 말고도 이런 입덧이 있다고 하는데

양치를 할 때마다 토하는
양치덧

샴푸, 세제 등 인공향이 역해지는
향덧

침을 삼키지 못해 침을 뱉는
침덧

우웁!

전 이런 것들 대신
도통 이해하기 힘든 입덧을 했던 거죠.

만화 연재를 하느라 인스타를 자꾸 하다 보니

결국 할 수 있는 건 TV를 보는 것뿐이었는데

여기도 먹방

저기도 먹방

여기 또 먹방

으아아ㅏ악!!!

뭔 놈의 TV를
켰다 하면
다 먹고 있어!

그런 방송들이 원망스럽기도 했죠.

임신은 분명 기쁜 일인데

지친 몸과 마음에
자꾸 눈물이 났습니다.

하지만 그렇게
도무지 나아질 기미가 보이지 않던 입덧도

시간이 지나자 점차 잦아들기 시작했습니다.

그래도 입덧약이 꽤 잘 든 덕분에
그 시기를 무사히(?) 넘길 수 있었어요.

그렇게 버티던 시간들이 지나고

임신을 하고 참기 힘든 것이 있습니다.

임신 전에는 분명 이렇게 말했지만

몸이 불편하니 일단 살고 봐야겠더라고요.

근데 남편의 반응이...

그런 배려 깊은 모습이 정말 고마웠죠.

왠지 억울한 아모이였습니다.

분노의 다이어트

9킬로그램이 쪘습니다.

남편도 9킬로그램이 쪘습니다.

임신 기간에는 마음껏 먹을 수 있을 줄 알았는데

그렇지 않더라고요.

결국 닭가슴살과 고구마를 주문한 아모이.

그렇게 식단 관리를 시작했습니다.

풀을 먹으면 식단 관리인 거니까요.

아기의 성별

임신 초기에 가장 많이 받는 질문은

"딸이었으면 좋겠어, 아들이었으면 좋겠어?"

부부도 자연스레 성별 이야기를 많이 하게 되죠.

건강히 잘 있는 거겠지?

빨리 가서 초음파를 봐야 안심이 될 것 같아.

저는 태동이 느껴지기 전까지는 성별을 생각할 여유가 없었습니다.

임신을 하면 겁쟁이가 되는 건가···.

건강히만 있어줘, 새봉아.

야, 너는 무조건 아들 엄마야.

어, 맞아. 얘는 둘째 낳아도 아들일 듯.

볼 것도 없어.

네가 딸 엄마가 되는 건 뭔가 상상이 안 돼.

아니···. 왜죠···.

당시 주변 사람들은 모두 이렇게 말했어요.

* 주변 지인 모두가 '새봉=아들'로 예측함.

몇몇 미신들도 그럴싸했습니다.

아빠가 고기 좋아하면 아들

← 삼시세끼 고기 먹어야 행복한 사람

어우, 진짜 너무 맛있어!

저는 입덧 시기를 빼고는 고기를 정말 많이 먹어서

엄마가 임신 중에 고기를 많이 찾으면 아들

새봄이가 딸이라는 걸 들었을 때

저희 부부는 화들짝 놀랐었죠.

성별을 알게 되는 건 마치 이런 기분이었습니다.

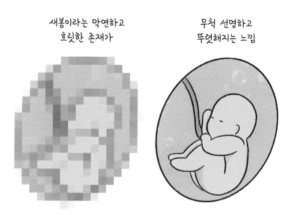

임신 중기에 들어서는 동시에 아이의 존재를
다시 한번 실감할 수 있는 순간이었죠.

고마운 태동

태동은 어떤 느낌일까요?

태동을 처음 느낀 건 임신 20주쯤이었습니다.

첫 느낌은 작은 올챙이들이
지나가는 기분이었는데

너무 미약해서 배에 가스가
차는 건가 싶기도 했습니다.

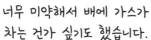

오! 근데 뭔가
가스라고 하기엔 훨씬 아래쪽에서
일어나는 느낌이네!

그리고 태동은··· 나날이 활발해졌어요.

이젠 밖에서도
움직임이 보일 정도!

스피커처럼
둥둥 울리는 배 →

특히 옆으로 누우면 새봄이가 엄청나게 움직입니다.

지, 진정해. 새봄아.
릴렉스~.

95

임신 중 새로 경험한 많은 일들 중에서도

'태동'은 임신 시기에서 하나의
큰 기점이 되어주는 것 같아요.

[태동 전]   [태동 후]

왜냐하면 태동을 느끼기 시작하면서
아가에 대한 잔걱정이 많이 줄어들기 때문이죠.

아이와 연결되어 있는 이 특별한 느낌이

오늘 새봄이 발차기가
힘찬 걸 보니 새봄이도 엄마처럼
기분이 좋은가 보구나~.

아이를 낳고 나면 종종 그리워질 것 같습니다.

각방타임

내가 지켜봤는데 정말 한시도 쉬질 않더라.

내가… 쉬게 해줄게….

이히힉! 이 코를… 코를…

음…, 난 잘 때라 기억이 안 나네.

그래서 결국 이렇게 하기로 했습니다.

도저히 안 되겠어. 임신 동안은 따로 자자. 임산부 수면의 질이 태아의 건강과 직결….

거절…한다….

으아니, 신혼이 각방이라니! 부부는 그래도 같이 자야지!

그래서 요즘엔
밤새 같이 놀다가도

잘 때는 헤어지는데

남표니, 잘 자~
좋은 밤!

히잉,
끼잉끼잉.

불쌍한
강아지 같아.

혼자 두려니
마음 아프네….

요즘 아기에 관련한 다큐를 보고 있는 부부.

우와, 몸에서 우유가 나온다니….

생명이 탄생하는 감동적인 순간···

오, 세상에….

엉엉

아가야, 안녕. 아빠야.

엉엉····

응애

응애!

···이지만,

그래서 요즘 남편은 매일
새봄이에게 일기를 쓰고 있답니다.

귀여워…

무슨 내용을 쓰냐고 보내달라 했더니….

Journal Entry

새봄아!
오늘은 아빠가 일찍 깨서 엄마랑 오전에
집안일을 실컷 하고 이른 점심까지 먹었
는데, 아빠가 곧 작업한다고 하니까 엄마
가 매우 삐졌어. 그 일로 엄마, 아빠가 한
바탕 싸웠고 엄마는 집을 나갔어. 그러곤
레옹처럼 화분을 사들고 왔지.
엄마가 배고프다고 난리를 쳐서 **에 있는
치킨집을 갔는데 가서 닭 한 마리를 먹고
또 실컷 싸웠단다.
새봄이 엄마가 가끔씩 아주아주 까탈스러
워. 너도 조심하렴.

임신 중기부러 소화불량이 시작됐습니다.

으끄윽끄으…

꼬어어어어억!

쁘어어어어억!

읍읍, 끄윽~

퍽 퍽

퍽

문제는…
식탐은 여전히 그대로이고

신전…, 죠스…, 엽기…, 감탄….
어디로 가지. 아, 행복한 고민….

아, 님아. 빈자리 없어.
제발 그만 좀 먹어.

내 자리 자궁이
다 가져갔다고.

소화능력만
떨어졌다는 것.

특히 저녁 시간엔 소화가 더 안 되는 기분입니다.

남편이 그런 저를 자꾸 따라합니다.

비하인드 컷

임신 8개월이 되면 입체 초음파를 보게 됩니다.
아기의 얼굴을 자세히 볼 수 있는 기회!

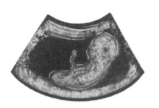

대략적인 형상을 보는
일반 초음파

3D로 구현한
입체 초음파

저는 7개월즈음에 설명을 들었어요.

산모님, 다음 진료 때 추가 요금 내시면
입체 초음파 볼 수 있는데 하시겠어요?

그게 뭐죠….
다들 하는 건가요?

네, 보통
다 하시죠.

우리도 해야 하나? 3개월
후면 얼굴 볼 텐데….

응, 그냥 해.

INFORMATIO

109

하지만 진료 당일, 새봄이는 얼굴을 가리고 있었어요.

에고~

아기 얼굴이 탯줄이랑 손으로 계속 가려져 있네요.

흠…. 그럼 오늘 못 보나요?

나가서 물 좀 드시고 화장실도 다녀오신 다음에 다시 볼게요.

열심히 물도 마시고

화장실도 다녀오고

TOILET

콸콸

스트레칭도 하고 나니

드디어 얼굴을 보여준 새봄이!

처음으로 새봄이의 얼굴을 보는 순간,
갑자기 눈물이 났습니다.

집에 와서는 남편과 저의 닮은 모습을 찾으며

자꾸 사진을 들여다보고 있답니다.

임신을 하고 느끼는 건 일상에서
허리 힘을 쓸 일이 무척 많다는 사실입니다.

← 누웠다가 일어날 때도

물건을 들 때도 →

기본적으로 배에 힘이
들어갈 일도 많지요.

하지만 임신을 하면 '배'의 기능이 사라지는 느낌이에요.

[임신 전]

[임신 후]

으라차!

이 정도는
껌이지!

여기가 원래 내 배였는데
말이야… 지금은 뭐랄까….
그냥 주머니…가 되어버렸달까?

내 공간 좁아지니
힘주지 마쇼!

힘주는 기능 X →
아기 주머니 O

배 속의 에일리언

113

그러던 얼마 전···.

하지만 동영상만 찍으려고 하면 조용해지는 새봄이.

결국 포기하고 몸을 일으키는데 습관처럼
배에만 힘을 주고 일어났습니다.

흿! 차~

↑ 팔로 땅을 제대로 짚지 않았음.

그러다 배와 눈이 마주쳤는데···

?!? ?!?

히익?!

확연히 드러나는 자궁(a.k.a 새봄이 공간)의 실루엣.

···에일리언
아니야?

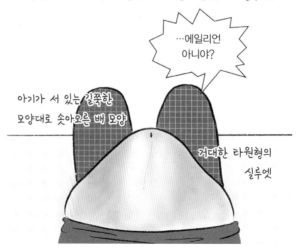

아기가 서 있는 길쭉한
모양대로 솟아오른 배 모양

거대한 타원형의
실루엣

무척 기이한 경험이었습니다.

임신 중에 태교와 태담을 꾸준히 하면서

아이를 맞이할 준비를
정성스레 하는 엄마들.

물론 그렇지 않은 엄마들도 있습니다.

그래서 주말에 베이비페어를 다녀왔습니다.

베이비페어

동지여,
준비됐나.

응,
들어가 봅시다.

육아의 세계를
한번 맛볼까.

사야 할 물건들을
직접 보고 예산도 짜고

흠, 아까 만져본 게
회전력이 더 좋네.

귀여워,
우어엉!

으어어어어어어~
너무 작고 소중해애애!

귀여운 소풍들도 잔뜩
구경할 수 있었던 시간.

이렇게나…
많단 말이야?

아기띠

카시트

휴대용 유모차

바운서

수온계

역류방지쿠션

쏘서

걸음마 보조기

젖병소독기

동시에 육아템의 세계에는
끝이 없다는 걸 느낀 시간이었어요.

집에 갈 때는 완전히 녹초가 되었습니다.

집에 가는 동안에 아까 보험 상담을 받다
들은 말이 자꾸 생각났어요.

왠지 의기소침해졌습니다.

난 엄마 될 준비가
아직 안 된 걸까?

다른 예비맘들은
척척 알아보는 것 같은데….

난 아닌 것
같아서
죄책감이 드네.

흠, 내 생각엔

'준비된 때'라는 건 없어.
우리가 5년 후에 아이를 가졌어도
지금이랑 똑같았을걸.

우린 이미 충분히 잘하고 있고
앞으로도 잘할 거야.

음···.

그렇게 말해주니까
안심이 되네.

'아이를 위한' 거라는 말들에
다 마음 쓸 필요 없어.

고마워···.

새로운 마음 역시 배운 주말이었습니다.

임신 중기(13~28주)를 보통 안정기라고 합니다.

어마의 몸이
'임신'이라는 변화를

잘 받아들이고 안정을
찾아가는 시기!

태교 여행도
이때 많이 가죠!

어느덧 임신 후기

※ 참고도서: 『임신출산육아 대백과』 삼성출판사 편집부

물론 안정기라 해도 개인별로 느끼는
증상은 다르기 때문에

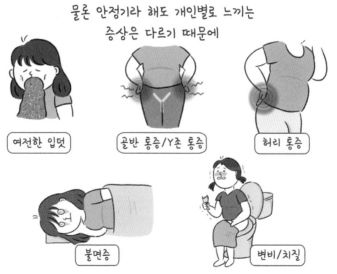

여전한 입덧

골반 통증/Y존 통증

허리 통증

불면증

변비/치질

다양한 신체의 변화들로 힘들어하는 산모가 많습니다.

121

저는 초기에 입덧으로 워낙 고생을 한 탓인지

입덧 이후부터는 말 그대로
'황금 같은 안정기'를 느꼈던 것 같아요.

하지만 임신 후기, 정확히는 30주에 들어서면서
몸이 다시 힘들어지기 시작했어요.

이런 패턴이 무한 반복되는 느낌이랄까요.

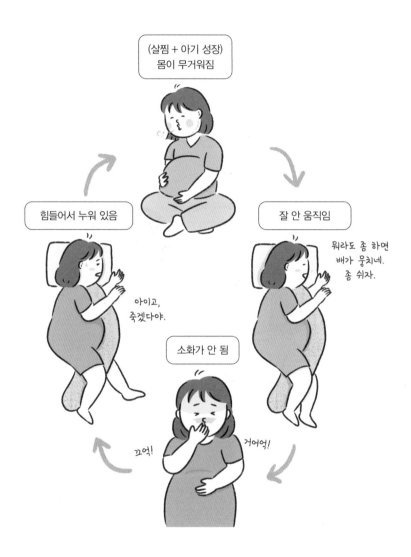

앞으로는 배가 더 빨리 커진다던데 큰일입니다.

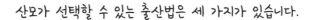
산모가 선택할 수 있는 출산법은 세 가지가 있습니다.

자연분만? 제왕절개?

자연분만

제왕절개

자연주의 출산

(가정분만 등....)

각 방법의 장점과 단점이 뚜렷해서
산모들은 막달까지 고민을 하기도 하죠.

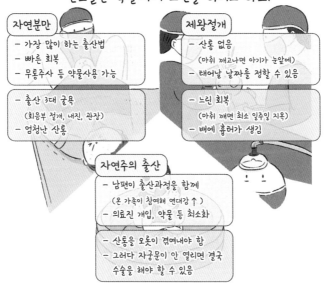

자연분만
- 가장 많이 하는 출산법
- 빠른 회복
- 무통주사 등 약물사용 가능

- 출산 3대 굴욕
  (회음부 절개, 내진, 관장)
- 엄청난 산통

제왕절개
- 산통 없음
  (마취 깨고나면 아기가 눈앞에)
- 태어날 날짜를 정할 수 있음

- 느린 회복
  (마취 깨면 최소 일주일 지옥)
- 배에 흉터가 생김

자연주의 출산
- 남편이 출산과정을 함께
  (온 가족이 참여해 연대감↑)
- 의료진 개입, 약물 등 최소화

- 산통을 오롯이 겪어내야 함
- 그러다 자궁문이 안 열리면 결국
  수술을 해야 할 수 있음

125

동시에 주변의 참견이 많아지는 주제이기도 합니다.

당연히! 자연분만을 해야지!
고통을 느끼고 애를 낳아야
진짜 엄마가 되는 거지!

요즘 엄마들은 자기 몸
편하게 애를 거저 낳으려고.

우와, 어르신 모성애
오지고 지렸다리.

제 모성애는 간장 종지만 해서
그 크기에 맞게 알아서 키우겠습니다.

산모의 성격에 따라
공포심을 느끼는 부분이 다르기 때문에

회음부 절개라니
너무 무서워….
제왕절개가 낫겠어.

몸에 칼을 대는 게
너무 무서워…. 수술은
도저히 못하겠어.

출산법은 아기를 낳을 산모가 결정하는 것이 좋겠죠.

저는 임신 초기부터 고민을 해본 결과

자연분만을 해야겠다고 결심했는데
가장 큰 이유는 바로 '회복력'이었어요.

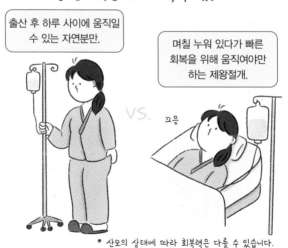

* 산모의 상태에 따라 회복력은 다를 수 있습니다.

그리고 또 다른 이유는···
호기심이었습니다.

난 이 지구별에 사는 한 마리 암컷으로서 산통이 무엇인지 한번 경험해 보고 싶다네.

작가에겐 모든 경험이 자산이라지..

아니,

고통을 최소화할 수 있는 기술이 발달했으면 그걸 누리는 게 좋은 거 아니야?

하여간 이상한 감성이야.

이과생의 공감은 필요 없다.

하지만 원한다고 모두가
자연분만을 할 수는 없다고 해요.

저 자연분만 하고 싶어요!

저도 자연분만이요!

산모님은 쌍둥이라 제왕절개를 권합니다···.

산모님은 임신중독증이셔서 초기 제왕절개를···.

그리고 저 역시 새봄이가 역아(거꾸로 있는 아기)라
자연분만과 점점 멀어지고 있었답니다.

새봄이가 곧 돌아줄까요?

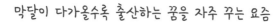

막달이 다가올수록 출산하는 꿈을 자주 꾸는 요즘

사극과
현대물이 섞인
꿈속 출산 장면

힘을 주는 장면부터 시작해서

겁이 나는 장면은 금방 지나가는데

헙!

꿈에서는 힘 한 번
← 주면 나와버림.

개꿀~

순풍!

응애?

어머낫!

새봄이를 안고 있는 장면은
정지 화면처럼 멈춰 있습니다.

그리고 내내 새봄이를 안고 쳐다만 보고 있는 저.

새봄이를 빨리 만나고 싶은가 봐요.

수험생 때 이런 버킷리스트를 썼다면

수능 끝나면 하고 싶은 일
1. 파마·염색
2. 친구들이랑 기차여행가기
3. 남자
4.

요즘의 버킷리스트는 이렇습니다.

임신 끝나면 하고 싶은 일
1. 편의점 신상 맥주 마시기
2. 각종 치즈에 와인 마시기
3. 김치전에 막걸리 마시기
  …마시기…마시기….

…술킷리스트?

해줄 거냐?
같이 해줄 거냐!

뭔가 십여 년 사이에
순수함이 굉장히 사라졌군….

배가 커지고 나서부터는 임산부가
노인의 삶이랑 조금 비슷하다는 생각을 했거든.

항상 천천히 조심스럽게 움직여야 하고

당연하게 혼자 하던 일들도
다른 사람의 도움이 필요해지고

무거운 거 조심‥‥

남편이 퇴근하고 오면 옮겨달라고 해야겠네.

아후, 숨 차!

힘이 들어서 도저히 못 걷겠다. 아이고!

소화 잘 되는 죽이나 먹자!

신체 기능도 떨어지고 각종 바이러스에도 취약 1순위‥‥.

'거참 내 마음은 그대론데 몸이 따라주질 않네.'

못해.
이제 난 못해.

아이고, 계단이
뭐 이렇게 많아.

라는 어른들 말이 와닿는 느낌이랄까?

요즘 부쩍 생각이 많아졌습니다.

이제 진짜 얼마 안 남았네.

시간 빠르다.

← 출산 가방 싸는 중

매일 새로운 걱정들이 떠오르는 것 같아요.

내가 아이를 낳을 수 있을까? 근데 배가 얼마나 아파야 병원에 가는 거지?

내가 신생아를 키울 수 있을까? 실수하면 어떡하지. 아기는 너무 작고 약한데….

할 수 있을 거야.

잘할 수 있겠지….

그래서 같이 출산 영상을 찾아봤습니다.

영상을 몇 개 찾아본 후‥‥.

역시 충격요법만 한 게 없습니다.

이제 예정일까지 딱 일주일이 남았습니다.

배가 진짜
터질 것 같아.

구슬동자 같은 비주얼

빵
빵

이날만을 손꼽으며 달려온 10개월.

8 7 6 5 4

'임산부'로 살아온
시간도 이제 끝이 보인다!

이전에는 관심 없던 세상을 경험한 시간이었어요.

새로 알게 된 것 하나. '임산부'의 모습이 되려면
임신 중기는 되어야 한다는 것.

6개월은 지나야
누가 봐도 임산부

서 있기도 힘들다….
하, 입덧….

우욱!

남들이 보기에 티 안 나는 초기가
오히려 몸이 더 힘들더라고요.

으허, 죽을 것
같았는데 자리가…!

임산부 배려석이 비어 있을 때면 어찌나 반갑던지요.

그리고 또 하나는
임신했다고 마음껏 먹을 수 없다는 사실.

먹고 싶은 거
반도 못 먹었어! 그나마
식단조절을 해서
이 정도로 쪘지!

내가
총 17킬로그램
쪘는데!

다 먹었으면
25킬로그램은
거뜬했을 거다!

으아아아아악!

지금도 배고파!

← 왠지 억울하고
서러움

* 모든 임산부가 이 정도의 식탐을 갖고 있진 않습니다····.

매달 인생 최고 몸무게를 찍으며
자존감이 떨어지는 날도 있었지만

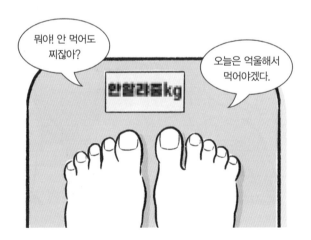

뭐야! 안 먹어도
찌잖아?

오늘은 억울해서
먹어야겠다.

안할라곰kg

임신은 평생 잊지 못할
신비로운 경험이었던 것만은 확실해요.

나는 먹고 자기만 하는데 어떻게
생명이 막 알아서 자라는 거지?

어플에 나오는
시기별 증상을
내가 다 겪는 것도
너무 신기해.

인체의 치밀한
설계····.

조물주는 분명 엄청난
엔지니어일 거야.

10개월의 시간, 독자 여러분이 함께여서
정말 든든하고 감사했어요.

어.느.날.에.나.갈.까.요.
알.아.맞.춰.보.세.요.
딩.동.댕.척.척.박.사···.

흐음~

새봄 인생
첫 고민

출산의 기억

출산 전날 밤, 친구와 이런 이야기를 나눴습니다.

낳아보니 그건··· 진짜였습니다.

조리원에서만 봐도 출산 스토리는 각양각색.

저의 출산 후기를 자세히 올리는 게 좋을까 고민하다가

출산을 앞둔 임산부 여러분의 정신 건강을 위해
저 혼자 간직하기로 했어요.

저는 아직 출산의 고통이 생생하지만

왜 다들 이 고통을 금방 잊게 되는지 알 것 같아요.

고작 일주일 사이에도 저희 부부에겐

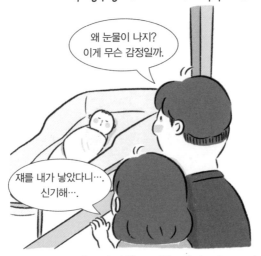

평생 잊을 수 없는 순간들이 너무 많이 생기고 있으니까요.

앞으로 이 아이와 함께하는
매순간이 그렇게 되겠죠?

2부

행복한 엄마이자
딸이자 내가 되어가는 중

산후조리원의 분위기는 둘로 나뉩니다.

산모 회복 우선

모유 수유 우선

출산 전에 모유 수유에 관심이 없던 엄마들도

난 왠지 모유가 많이 안 나올 것 같아.

TV에서 봤는데 분유를 자동으로 만들어주는 기계가 있대. 그거 사자.

좋아, 좋아!

기계라면 환영이지!

↑ 실제로 아모이 부부가 가장 먼저 준비해 둔 육아템

※광고 아님

막상 아이를 낳고 나면 모유 수유를 도전해 보고 싶은 마음이 듭니다.

나의 딸! 너에게 모유를 먹이고야 말겠어!

너에게 주는 엄마의 첫 번째 선물이다!

음메~

게다가 출산 후 2주간은
모유량이 팍팍 늘 수 있는 골든타임이기 때문에

2020.09

일	월	화	수	목	금	토
		1	2	3	4	5
6	7	8	9	10	11	12
13	14	15	16			
20	21	22	23			
27	28	29	30			

젖양을 많이 늘릴 수 있는
황금 시기

산후조리원에서의 하루는
젖의, 젖에 의한, 젖을 위한 스케줄로 돌아가죠.

직수
(아이에게 직접 젖을 물림)

조리원의
하루

식사, 간식
(양질의 젖을 만들기
위한 비료)

유축
(유축기로 젖을 짜냄)

제가 선택한 조리원은 이쪽이었는데

제가 생각한 빡빡한 일정의 조리원과는 조금 다른 느낌이었어요.

게다가 신생아를 처음 돌보는
저 같은 초보 엄마에겐 그야말로 멘붕의 시간이었어요.

산후조리원에서는 혼자 있는 시간이 많습니다.

별것 아닌 일에도 자꾸 눈물이 나지요.

우는 이유는 다 다를 거예요.

10개월을 기다려 만난 아기는
생각보다 훨씬 작고 연약하지만
초보 부모에겐 한없이 크고 어렵게 느껴집니다.

이제 내 인생에서
너의 존재감….

저는 조리원을 퇴소하고 나면
남편과 둘이 새봄이를 봐야 했는데

…이렇게
잡는 거야?

← 강아지 안는 법도
모르는 사람

저도 아이를 안 좋아했던지라
둘 다 육아 생초보 상태였어요.

못 믿겠어.
결국 내가 해야 해.

미안….
나 너 안는 법
몰라….

멀찍이−

뿌베에에부에!

결국 엄마와 통화를 하다가
참았던 눈물이 터졌습니다.

157

하지만 운다고 달라지는 건 없으니까요.

조금 더 바쁘게 조리원에서의 매일을 보냈습니다.

그렇게 2주가 지나니
어려울 것만 같던 일들도 조금씩 되더라고요.

누군가 제게 묻는다면 전 이렇게 답할 것 같아요.

조리원 어땠어? 진짜 천국이야?

그 안에서는 천국 같지 않고 여러모로 힘들었는데 만약 조리원 안 가고 집에 있었다고 생각하면 아… 거긴 정말 지옥일 듯.

특히 마사지는 크흐…!

가사노동에서 벗어나는 것만으로도 천국이었다고요.

비하인드 컷

마음고생의 순기능

헐, 대박?

이게 가능한가?

임신 때 찐 17킬로그램 중 조리원에서 12킬로그램을 빼고 나왔다는 사실!

새봄이 맘마

요즘 아모이는 이런 모습입니다.

그리고 이번 추석 연휴에 있었던 일.

해외에 나가 살고 싶어했던 20대의 아모이.

더 넓은 세상을 구경하며 살 거야!

한국은 너무 좁아.

세계 여기저기 여행도 다니면서! 대학원도 가고, 취업도 하고!

엄마는 그런 제 생각을 달가워하지 않으셨고

그래도 하나밖에 없는 딸인데 자주 못 보고 산다면 쓸쓸하겠네.

나도 내 인생이 있는데….

그치만 네가 원한다면야….

저는 엄마를 이해할 수 없었죠.

그리고 얼마 전, 남편과 이런 대화를 나눴어요.

그땐 엄마 심정이 전혀 이해가
안 됐는데 지금은 조금 알 것도 같아.

)) 새봄이가 어른이 된다고 해도
난 오래오래 옆에 두고
보고 싶을 것 같거든.

먼 얘기지만 새봄이가
멀리 나가 살고 싶어하면
어떡할 거야?

하···, 나 닮으면 분명 그러겠지.

글쎄, 뭐 결국 새봄이가
원하는 대로 놔둬야지.

생각보다
쿨하네~.

본인 인생인걸···.

나 닮지 마.
닮지 마라.

아냐, 그래서 난···.

혼자 육아를 하고 있는 아모이.

저 언제쯤 바깥으로
나갈 수 있나요.

꼬북칩 하나만
사다 주실래요?

당 떨어졌어요.

인절미맛으로요.
아, 잠깐만.

아저씨, 가지 말아봐요.
잠깐 쫌···.

저에게 새로운 능력이 생기고 있습니다.

아기 달래가며 식사하기 스킬.

듣는 사람 한 명 없어도 꿋꿋이 말하는 스킬.

움직이지 않고 운동한 기분 내는 스킬.

↑ 제품명: 아기 체육관

그리고··· 기억 상실 스킬.

너무나 예쁜 우리 아기지만

온종일 보다 보면 녹초가 됩니다.

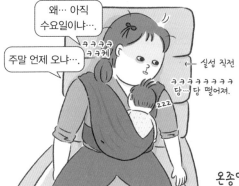

그래서 전 종종 저녁에 혼자 산책을 다녀와요.

별로 특별할 건 없는 시간이지만

그렇게 바람이라도 쐬고 오면

더 여유 있는 마음으로 새봄이를 볼 수 있게 되니까요.

사진첩을 보다 뭔가 깨달은 아모이.

170

그래서 요즘에는
제 사진도 찍기 시작했는데

새봄아,
여기 봐~.

오, 자기
완전 예쁘게
나온다!

증물?

빨르찌고.

···빵긋

···내 얼굴
무슨 일이야.

출산하고
얼굴형이 변했나.

어ㅇㅇㅇ
근데 자기야.

사진 속 자기
되게 행복해 보여.

응, 완전히 인자한
어머니상 같아.

좋은··· 거지?

크흐ㅡ

나 인자한 어머니
싫은데···.

어여쁜 엄마 하고
싶은데···.

그럼 인자하고
어여쁜 엄마?

NO 인자···.

네가 태어날 때 아빠는 깜짝 놀랐대.

너의 목소리가 정말 우렁찼기 때문이지.

엄마도 깜짝 놀랐어.

열 달을 품은 너의 얼굴이 낯설지만
왠지 가깝게 느껴졌거든.

아빠는 조금 힘들었대.

너의 울음이 그치지 않는 밤들이 이어질 때.

엄마는 많이 미안했어.

너의 울음이 나의 서투름 탓인 것만 같아서.

하지만 아빠는 기억해.

퇴근한 아빠를 알아보고 네가 지어준 첫 미소를.

엄마는 잊지 않을게.
백일 동안 네가 보여준 작고 놀라운 성장들을.

D+23
모빌에 흥미를 갖기 시작했다.

D+47
날 보는 시선이 더 뚜렷해졌다.

D+88
이제 터미타임은
식은 죽 먹기!

D+97
본인이 뭔가 잡았다는 걸
인지하기 시작했다.

새봄아, 너의 백일을 축하해.

앞으로도 건강하고 밝게 자라주기를.

점점 대머리가 되어가고 있는 새봄이.

그리고 준대머리가 되어가고 있는 아모이···.

자기···

요즘 자기가 지나간
자리마다 머리카락이
떨어져 있어.

헨젤과 그레텔인 줄····.

헐, 그치? 나 머리
한번 감으면 하수구가
막힐 정도야.

애 낳고 백일 되면
머리카락 빠진다는 게
진짜였어!

소오름!

이렇게 새봄이와 매일 닮아가고(?) 있습니다.

대, 대머리 가족?

오예~♥

그대도 멀지 않았다!
하하하하하하하핳하하!

아이들은 알아서 잘 자란다고 믿는 아모이.

배 속에서부터 느낀
생명의 신비란…!

시기에 맞춰 스스로 발가락도 생기고,
눈코입도 생긴다니….

난 아무것도
안 했는데

쑥쑥 잘도
자라는구나.

하지만 아이를 키우면서는
마냥 쿨하지 않을 때가 많습니다.

벌써 뒤집나?

공개일기
< D+112 >

쑥쑥이
끙끙거리더니
오늘 갑자기 뒤집었다!
기특해 울 애기>.<

무럭이
처음 뒤집은 날!
바로 되집기까지~!

새봄이는 기미도
안 보이는데….

178

140일이 되어도 뒤집지 않던 새봄이.

150일 새벽에 첫 뒤집기에 성공한 새봄이!

역시 엄마들의 걱정과는 다르게

새봄이와 놀아주는 아내는

안녕, 난 애벌레야~

저 멀리 산골짜기에서 새봄이를 만나러 기어 왔단다.

이익~잉! 잉!

정말 즐거워 보입니다.

이제 애벌레 지루해졌어? 울 아기 체육관 가볼까?

엄마가 체육관 문 열었나 물어볼까? 그러라고? 그래그래.

똑똑~ 저기요호~

혹~시 체육관 문 열었나요옹?

우!우!

보이는 것이 다는 아니었나 봅니다····.

힘든 육아 속에서도 꼭 지키려고 하는 건

친정 다시 갈까.
집 온 지 하루 됐는데….

내 행복과 엄마의 건강을
맞바꿔 볼까나….

힘들어.

웅~위!
우웅! 위!

초 췌

아이가 보는 앞에서는

웅에에~!

헛!
보고 있었네.

이야~
울 아기!

대단해~

언제 뒤집어서
놀고 있었어?

흥아~.

지친 얼굴이 아닌
웃는 표정을
보여주는 것입니다.

183

기저귀를 갈다가도

수유를 하다 눈이 마주쳐도 말이죠.

하지만 매번 웃고 있기란 참 쉽지 않은 현실···.

그러다보니 자꾸··· 기괴한 표정을 짓게 됩니다.

세상은 엄마들에게 관심이 많습니다.

역시 엄마는 아름다워.

엄마는 위대하고 강하다.

막상 엄마가 되어보니 별것은 없었어요.

내 인생에서 가장 소중한 우리 아기가 생겼지.

널 낳은 건 내가 가장 잘한 일이야! 하지만…

넌 내 보물 1호. 나의 전부.

나는 여전히 나입니다.

하지만 엄마들에게 적용되는 엄격한 잣대들

왜들 그렇게 엄마의 삶에 관심이 많을까요?

세상에 똑같은 사람 하나 없듯 엄마들도 그렇습니다.
엄마들은 각자 다양한 모습을 하고 살아가지요.

엄마들에게 공통점이 있다면
누구보다 내 아이를 사랑한다는 것.

그 마음 말고 같아야 할 모양이 또 있을까요?

임신 때는 아기의 얼굴이 너무 궁금했습니다.

이렇게 매일 같이 있는데 얼굴을 못 보니 답답해.

우리 아기는 누굴 닮았을까?

빨리 보고 싶다.

어떤 얼굴일까····.

태어나자마자 궁금증은 해소되었지만

흥에!!!

네, 네····. 아기 얼굴 좀 볼 스····.

아기가 힘들게 나와서 바로 검사실로 갈게요!

아···빠···?

아, 아버님?

※ 갓 태어난 새봉이는 시아버지를 닮았음.

아기의 얼굴은 매일 조금씩 바뀌는 것 같아요.

191

이제까지 자란 새봄이는 이런 느낌.

그래서 이제 궁금한 것은

새봄이의 다른 부분들이 되었습니다.

단유할 시기는 엄마가 결정합니다.

젖 짜느라 고생 많았소.
다시 인간으로 돌아가소.

아쉬움이 남지 않을 때
단유하고 싶었는데

이젠 마음의 준비가
된 것 같아.

* 단유: 모유 수유를 중단하는 것.

하지만 아기들의 큰 협조가 필요하죠.

뮹….

울 아기~ 젖병으로
새 맘마 먹을까?

엄마 쭈쭈랑 완전히 비슷해.
입으로 밀어내면 노노~.

이것은 자유로 향하는 엄마의 급행 티켓!

모유만 먹고 자란 아이들은
젖병 자체를 거부하거나

낯선 분유의 맛을
싫어할 수도 있기 때문이에요.

저 역시 걱정되었습니다.

나 직수 아모이 선생, 지난 6개월간 유축 모유도 먹여보지 않았는데….

새봄이가 젖병을 거부하지 않을까….

쪽쪽이도 안 무는 아기인데 젖병을 과연….

hoxy 나도… 강제 완모의 길?

그래서 친정에 있을 때 일단 먹여보기로 했습니다.

엄마, 오늘은 분유 한번 먹여보자!

아이고!

그래, 잘 생각했다! 이제 젖 끊고 너도 좀 쉬어.

떨린다, 떨려.

비 장

두근거리는 새봄이와 분유의 첫 만남····.

젖병을 물자마자 한 번에 원샷 때린 새봄 씨···.

눈물의 굿바이

아기가 분유를 받아들였다면 다음 단계는

아니, 박씨네 공장
문을 닫았는데?

나랑 12개월 하기로
약속했는데!

응, 거기도 자유를
찾아 떠났어. 호호.

아무도 그녀를 말릴
수 없었지 뭐야.

엄마의 젖을 말리는 일입니다.

단유 방법은 크게 두 가지가 있습니다.

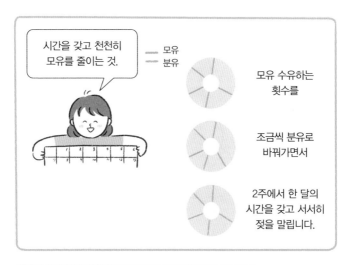

※ 사람마다 맞는 방법이 다르니 주의하세요.

제가 선택한 방법은 바로···

나 성격 급한 쾌속 아모이 선생.
인내심 갖고 시서히 줄이는 것은···

···견딜 수 없어.
후딱 해치우겠어.

어차피 마음 먹은 거
한방에 해야···.

그래야 하루라도
빨리
맥주···, 커피···,
와인···, 막걸리···.
ㅎㅎㅎㅎ훌훌ㅎㅎㅎ

하지만 단유를 결심했어도
마지막 날을 정하는 건 쉽지 않았습니다.

울 아기한테 주는
마지막 맘마라니···.

마지막이라 생각하니
자꾸 아쉽네···.

더 오래 먹이면
좋을 것을

내 인내심이 부족해서
그만두는 건 아닐까?

그냥 더 할까···.

에휴, 아냐.
그만 고민하자.

그래서 그냥 바로 젖을 끊기로 했습니다.

201

그렇게 한참을 둘이 울었다고 합니다.

하지만 그들의 단유 파티는
순탄치 않았는데···.

1년 반만에 마신 맥주는 달콤했습니다.

이제 당신 고생 시작이지요.
육아의 세계에 온 것을 환영해.

임지, 고생 많았네.

마음껏
마십시다.

찐행복이다····.

너무나 달콤했지요····.

으어~ 기분 좋다!
이 자아로는 간만에
로그인하는데. 세상에, 나한테
딸이 생겼네?

아, 오랜만이야~

아내가 돌아왔어!
예민 까칠 새봄맘이
가고 내 아내가 왔다!

어보, 싸랑해~.
이것은 나의 손가락
하트하트!

행복이란~ 멀지
아니한 곳에 있구나!

이 작은 캔 속에 큰 행복이
들었다고 전해라~!

그런데 다음 날이 되자

가슴에서 불이 나는 것 같았습니다.

인터넷을 찾아보니

하지만 시간이 흐를수록 통증은 더 심해졌습니다.

극한의··· 고통이 지나가고···

그리고 그날 밤 앓아누웠습니다.

그런데 여러분, 반전이 있어요.

[다음날]

뭐지? 이제 안 아프고 젖도 안 돌잖아?

그날 이후로 아주 수월하게 젖이 말라서

하루에 한 번 혹은 이틀에 한 번 유축 하니 딱 좋군.

오늘 저녁은 와인?

큰 고통 없이(?) 단유를 하게 되었답니다.
하지만 저처럼 섣불리 한방에! 끊지 마세요~.

우리 집 서열 1위는 새봄이입니다.
그래서인지 자꾸 극존칭을 쓰게 됩니다.

뭔가··· 이런 느낌이랄까요.

육아를 하면 중고 거래를 자주 하게 됩니다.

육아 아이템을 거래할 땐 보이지 않는 법칙이 있는데···

거래 장소엔 항상 남편들이 나온다는 것.

211

그리고 서로 뭐가 뭔지 잘 모른다는 것입니다.

마치 본체는 집에 있는 아바타 거래 같습니다.

새봄이를 재우고 찾아온 혼자만의 시간.

새봄이 사진을 정주행하기 딱 좋은 시간입니다.

그땐 느끼지 못했던 귀여움들이 이제는 보입니다.

그리고 요즘은 귀여움이 절정에 다른 시기.

나중엔 이 시기가 얼마나 그리워질까요.

육아는 점점

신생아 때가 제일 힘들어. 그것만 지나면 좀 나아!

차라리 신생아 때가 편해. 갈수록 더 힘들어.

아하, 편해지는구나.

아, 아니구나?

돌만 지나면 숨 좀 쉴 수 있어.

아냐, 그래도 두 돌은 지나야 해.

아이가 클 때마다 더 편해질지, 힘들어질지 항상 궁금합니다.

흐음, 신생아 때랑

8개월인 지금이랑 비교해 보면….

그때가 나은 부분도 있고 더 힘든 부분도 있었어.

분야가 달라진다고 해야 하나….

난 막 기어가서 다 입에 넣어볼 거임.

신생아

난 그냥 무조건 울 거임.

8개월

초반에 힘들었던 부분은

점점 나아지는 게 사실입니다.

다만 새로운 힘듦이 생기긴 합니다.

하지만 한 가지 확실한 것이 있다면

아이가 매일 보여주는 성장은

힘든 걸 녹일 만큼 감격스럽다는 것입니다.

몸통의 미스터리

8개월이 지난 지금은
이전 체중으로 '거의' 돌아왔습니다.

남은 킬로그램보다 의아한 것은 바로···

임부복을 입으면 다시 임신한 것 같은 핏이 되고

그리고 아기는 분명 배로 풀었는데

왜 얼굴까지 커진 것 같은지 모르겠습니다.

아이를 낳기 전 어린이를 무서워했던 아모이.

아이를 낳고 나서는 조금 달라졌습니다.

223

이제는 우리 집 아이만이 아닌

다른 집 아이들까지 귀여워 보입니다.

아이를 낳기 전 일상이 그리울 때가 있습니다.

남편이랑 여행 가고 싶다. 친구들 만나서 하루종일 쇼핑도 하고….

바뱌뱌! 압뱌뱌!

올해도 벌써 이렇게 반이나 갔네.

올해 나만을 위한 시간이 있었던가….

평온하게 제 자신에게
집중할 수 있었던 일상과

아. 날씨 좋다.

집에 가는 길에 화분이나 사 가야지!

응. 화학 선생님이야.

저 사람이 마약을 만든 거야?

주말에 이 시즌 끝내자. 다음 시즌이 더 재밌대.

여유롭게 부부의 여가를 즐길 수 있던 시간들….

그러던 얼마 전, 엄마가 파격적인 제안을 하셨습니다.

엄마가 새봄이 데리고 가서 한 3일 봐줄까?

그 사이에 푹 쉬어~

저, 정말? 3일이나?

설 렘

나 처음으로 새봄이랑 떨어져서 자는 건가?

엄청난 해방감!

자유다. 자유의 몸! 자유부인~!

하응, 설레.

뭐하지, 뭐하지!

···을 느낄 거라고 생각했는데

아···. 이 얹힌 것 같은 기분은 뭐지···.

신나는데 찝찝해.

기대한 만큼 신나지 않더군요.

첫째 날 밤은 잠을 설치고

잠이 안 오네...

우리 아기
잘 자겠지….

틈만 나면 새봄이
사진을 보고

헤헤,
너무 귀여워.

보고 싶네.

잠든 아기 눈치 안 보고 놀아도
예전 같지 않은 마음.

맥주 마시면서
「나르코스」볼까?

우리 자기 왜 이렇게
기운이 없어 보이지….

놀자~

그러게, 나 왜 이러지?

마음이 너무 허전해….
텅 빈 기분이야.

새봄이가 없으니까
영 이상해.

이제 저에게 이 친구 없는 일상은

마냥 즐거울 수 없나 봅니다.

요즘 새봄이는 까꿍놀이에 푹 빠져 있습니다.

막 울려고 할 때 달래기에도 효과가 좋은데

소리와 포즈를 과장할수록 더 좋아해서

저희 부부는 더 이상
서로에게 부끄러울 것이 없어졌습니다.

아이를 낳는 것

이런 고민을 털어놓으시는 분들이 많습니다.

사실, 선뜻 낳으라고 추천하기는 어렵습니다.

눈물나게 행복하고

눈물나게 힘든 일.
하지만 묵묵히 계속해야만 하는 일.

그렇다고 해도

아이를 낳은 건 가장 잘한 선택이었다고 생각합니다!

영화 「어바웃 타임」에 이런 장면이 있습니다.

시간 여행을 할 수 있는 주인공이
시간을 과거로 돌려 잘못된 일을 바로잡습니다.

그리고 다시 현재로 돌아오자
자신의 아이가 다른 아이로
바뀌었다는 걸 알게 됩니다.

과거의 일에 변화가 생기자
또다른 과거에 영향을 미친 것이죠.

다른 방법을
찾아야겠어····.

주인공은 괴로워하다가
처음 바로잡았던 일을
그냥 원래대로 돌려놓습니다.

아이를 낳기 전에는 잘 이해가 되지 않았습니다.

아무리 바뀌었다고 해도 저 아이 역시
결국 자기 핏줄이 아닌가?
저렇게 거부당하다니 저 아기도 불쌍하네.

하지만 이제는
주인공의 마음을 압니다.

넌 정말 특별해!

너 말고 다른 아가는
상상할 수도 없어♥

더 나은 미래와도 바꿀 수 없을 만큼
지키고 싶은 존재라는 것을요.

'아이를 낳아야 할까'라는 질문에 대해
다양한 의견을 듣게 될 겁니다.

와이프가 슬슬 아이를 갖자고
하는데 전 아직 마음의 준비가….
낳는 게 좋을지 고민이에요.

야, 최대한 미뤄!
애 낳으면 네 인생 끝장이야.

집에 가도
업무 연장이야.

쉴 수가 없어.

결혼이랑 출산은 미룰 수 있을
만큼 미뤄야 되는 거 모르냐?

행복하다고 말하는 게 쑥스럽거나
행복을 말하는 것에 서투른 사람일 수 있습니다.

하…. 나 둘째 생겼다.

넌 진짜 조심해라.
하, 둘 키우게 생겼네.

예? 둘째요?

낳으시게요?

아, 낳아야지···.

아니, 나보고 절대 낳지
말라고 할 땐 언제고?

부모가 되면 자식을 가장 안전하고
행복한 길로 인도하고 싶은 마음이 드는데

우리가 살아보니 저 선택은 실수였어.
애들에게는 하지 말라고 권해주자고.

차 살 때
주의 사항

살면서 배워두면
좋은 다섯 가지

먹을까 말까
고민할 땐 먹자

주식으로
돈 잃은 썰

아이를 낳는 것이
어떨까?

물론 아이를 낳지 않고도 충분히 행복할 수 있지.
근데 아빠는 아이가 있는 삶만 살아봐서
이 행복을 알아. 그래서 아빠 인생 안에서
이 일은 추천해 주고 싶구나.

저도 어른이 된 새봄이에게 그런 말을 할 날이 온다면

아마 이렇게 말하게 될 것 같습니다.

아이가 자꾸 우니 육아에 자신이 없어집니다.

내가 애를 잘못 보고 있는 걸까?

왜 나랑 둘이 있으면 더 우는 것 같지….

내가 원하는 걸 잘 못 들어주나 봐.

어디가 아픈 건 아닌 것 같고….

혹시 애착형성이 잘못된 건 아니겠지….

아기의 언어를 해석하지 못하는 걸까….

그런 날들이 계속되니 걱정되었습니다.

왜 그렇게 서럽게 우는 거니….

딸아, 내가 싫으니….

흔들~

흔들~

자꾸 귀찮게 해서 미안하다….

엄마는 그냥 기저귀를 갈아주고 싶었어…. 널 먹이고 씻기고 싶었어….

근데 어째…. 네가 울어도 해야 해.

그 와중에 더 웃어주지 못해서 미안하구나. 엄마 인내심이 한없이 얕아서 미안해.

대책이 필요하다고 느낀 아모이.

그렇게 시작된 애정도 테스트.

그리고 새봄이는···

한 치의 망설임도 없이 저에게 기어왔어요.

그 후로 몇 번을 반복해도 저에게 기어온 새봄이.

엄마도 때로는
사랑을 확인받고 싶을 때가 있습니다.

요즘 완전히 엄마 껌딱지가 된 새봄이.

벌써 서운한 이유

241

그 모습을 보던
엄마의 한마디.

이 아이도 자라 저처럼 될 거라는 생각에
벌써 서운해지려고 합니다.

아이가 클수록 성격이 드러나는 것 같습니다.

어렸을 땐 그냥 하루하루 자라는 것 같았는데…

요즘엔 새봄이만의 성격이 보이는 느낌?

우리 딸은 어떤 아이일까?

궁금해 죽겠다, 죽겠어 ♥

어릴 땐 또래를 만나도 다들 비슷하게 성장했는데

때가 되니 다들 뒤집기!

몸이 자라나면서 배밀이와 기기도 시작!

이젠 또래 친구를 보면
발달 상황에서 조금씩 성향이 드러나더라고요.

새봄이는 어떤 아이일까,
항상 궁금한 엄마 마음.

마이 도려····.

일단… 한 가지 확실한 건
목청이 진짜 크다는 거야.

빠야~! 빠!!!
응빠악!!!

아아아아아~
아아아아아~

그리고 아빠를 닮아서
말이 많을 것 같다….

이제까지 지켜본 새봄이는 적당히 활동적이고

새봄이 정도면 얌전한
편인 것 같은데?

그런가? 낯설어서
더 그런가 보다.

막 돌아다니진 않네.

……?

멀뚱

뿌에엥!

아닉ㅋㅋㅋㅋㅋㅋ

새봄이보다 어린 아가는 안
우는데 왜 새봄이가 울지?

겁이 많고 조심스러운 성격인 것 같아요.

245

내 아이를 하나씩 알아가는 재미가 쏠쏠한 요즘

평생 알아가고 싶은 친구가 생긴 기분입니다.

지난 인생을 돌이켜보면 저는 항상

애를 쓰며 살아왔습니다.

누군가에게 사랑받기 위해서였어요.

정말 대단해!

너라면 역시
잘할 줄 알았어!

신경써 줘서
고마워.

아니에요..

별 말씀을요.

다음번에도
기대할게.

기쁘다니
다행이에요.

역시 배려심이 많아.

정말 따뜻한
사람이구나.

247

타인의 애정을 얻는다는 건 저에게
항상 노력이 동반되는 일이었습니다.

이 열쇠고리 지난번에
다예가 예쁘다고 했던 건데!
온 김에 하나 사다줘야겠다.

난 상냥하고
좋은 친구니까.

졸리지만····.

숙제는 빼먹지 말고 꼭 해야지.
선생님이 기특해하실 거야.

가족도 예외는 아니었습니다.

내가 다 치워놓으면
엄마가 기뻐하겠지?

엄마, 아빠가 원하는 삶을
살아야지. 그래야 착한 딸!

GOOD
GIRL

오빠는 이런 거
안 하는데~

우왕! 여보 맨날 단발만 보다가
머리 기르니까 너무 예쁘네.

자르지 말까? 자르면
남편이 서운해하려나.

제가 사랑하는 사람들에게 더 괜찮은 사람이고 싶었어요.

아이를 낳기 전엔 이런 고민을 했습니다.

이제껏 해온 노력보다
아이에게는 더 많은 노력을 해야겠지?

날 희생하며 무한히
사랑을 줄 수 있을까.

노력을 하다
지치면···?

그러다 내 감정의 우물이
말라버린다면····.

하지만 아이를 낳고 알게 된 것은

엄마 품이 그리웠어?
할머니랑 잘 놀지….

하이고. 내내 울다가
엄마한테 안기니 뚝 그치네.

엄마가
약이다~

이 아이는 내가
그렇게 좋을까?

단지 내가 안아줬다는 이유로
울음을 그치다니···. 신기해.

내가 주는 사랑보다
아이는 내게 더 큰 사랑을 보여준다는 것.

내가 어떤 모습이든

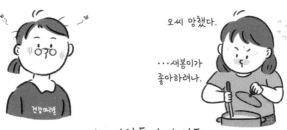

부족한 면이 있든

어느 사람들 속에 있든

존재 자체로 내가 사랑받을 수 있다는 걸
알게 해준 사람.

기대에 부응하지 않아도
무한히 나를 사랑해 주는 사람.

나는 매일 한 사람의 인생에서
우주가 되는 기분을 느낍니다.

저는 반성을 너무 자주 하는 것 같아요.

오늘도 새봄이 앞에서 스마트폰을 너무 많이 본 게 아닐까.

오늘 많이 웃어주긴 했나.

아니, 근데 어떻게 하루종일 폰을 안 봐….

…아닌 것 같아. 내가 봐도 지친 썩소였어.

새봄이는 나랑 노는 게 제일 재밌겠지….

…난 아닌데….

습관처럼 반성하는 엄마는 되고 싶지 않았는데 말이죠.

난 너무 부족한 엄마인 것 같아. 다른 완벽한 엄마들 보면 우리 아이한테 좀 미안해.

나도…. 아기 잠든 모습 보면서 매일 반성해.

출산 전 아모이 →

굳이 저렇게까지 생각해야 하나?

좋은 엄마 콤플렉스 같은 게 생기는 건가.

엄마들은 그냥 다 대단해 보이는데….

하지만 육아를 해보니 반성을 안 하기엔

따다댜~!

물놀이했으니까 곧 자겠지?
빨리 잤으면 좋겠다.

뭐? 아기들이
환장하는 장난감?

이거 사면 한 시간 놀려나.
사야겠다. 사야겠어.

제발 오래 놀아주렴.
나 좀 쉬자.

저의 생각들이 너무나···

너무나···

코감기약 먹으면 종일
졸려하거나 많이 잘 수 있어요.

아, 네.
알겠습니다.

(설렘)

잔다고?!
많이 잔다고?

···코감기 때만
먹을 수 있겠지?

새브므, 엄므는 여기 누워 있으고···.

너무나···

엄마는 누워서 새봄이 구경하는 게
제일 재미있고 보람차더라!

가족들과 함께하면 하루 종일 순한 우리 아이.

하이고, 예뻐라~

이렇게 애교 넘치는
아기가 어디 있어요!

새봄이 까까
맛있어요?

까까~.

아그아~.

더 줘야겠네.

아가~

하지만 저와 둘이 있으면
엄마 껌딱지에 떼쟁이가 됩니다.

아, 엄마 금방
끝낼게(?).

알았어~
이리 와.

응야으야!

새봄이 밥 먹게
수저만 씻자.

으아아아앵!
으아아아아앵!

흥냐아!
아으아아앵!

우리 아기의
낮잠을 돌려주쇼….

으응, 알았어.
30초만….

무거워진 아이를 종일 안고 다니다 보니
무릎 통증은 심해졌고

매일 조금씩 짜증이 쌓여갔습니다.

그러다 지난주에 결국 아이에게 화를 내고 말았어요.

우연이지…?

아니, 무슨 이런
우연이….

뭐야…?

엄마엄마~.

엄마가 부족했어…. 이젠
새봄이한테 짜증내지 않을게.
엄마가 더 미안해….

마치 새봄이가 제게
다 괜찮다고 말해주는 것만 같았습니다.

아이를 낳기 전엔 한없이 커보이던 엄마의 사랑.

아이를 낳고 나서 알았습니다.

자식이 부모를 얼마나 사랑하는지 말이죠.

날 무한히 사랑해 주고 바라보는 아이를 보며

너 너무 무력하고 바보 같을 정도로 날 좋아해 주는구나….

나도 이랬겠지?

왜인지 엄마에게 서운한 마음이 들었습니다.
엄마에게 묻기도 했어요.

부모에 대한 아이의 사랑은 정말 큰 것 같아.

그렇겠지. 자식이 원하는 대로 안 되면 엄마 죽네 사네 하는 사람도 있겠지.

그 사랑을 무기로 자식에게 휘두르는 사람도 많겠지?

임만… 그러고 싶다고 느낀 적 없어?

글쎄…?

아이를 키우다 보면 기억 저 너머에 있는

잊고 있던 조각들을 마주하기도 합니다.

어린 시절의 나를 만나며

엄마를 원망하고 다시 이해하고를 반복하게 되죠.

새봄이도 언젠가 절 원망할지 모르겠어요.

엄마 나름대로 최선을 다했을 텐데,
원망하고야 마는 저처럼 말이죠.

그럼에도 이 아이를 위해
더 좋은 사람이 되자고 다짐합니다.

저는 아이의 우주일 테니까요.

돌이 지나고나선 기분이 이상했습니다.

스스로가 기특하기도 했고 허무하기도 했습니다.

그 허무함의 끝엔 이런 깨달음이 있었습니다.

스스로의 육아를 돌아보는 시간을 갖기로 했어요.

흠, 어디 보자….

난 임신 때 꿈꾸던 행복한 육아를 하고 있을까?

지난 1년은 해야 할 일과 조심해야 할 일의 연속이었는데

하이고, 끝도 없다.

앞으로 계속 이 긴장감을 유지하면서 해나갈 수 있을까?

난 우리 아이를 키우며 오래오래 행복하게 육아하고 싶은데

나한테 맞는 육아를 찾아야 하지 않을까?

그래서 스스로를 좀 놔주기로 했습니다.

어이쿠!

우선, 기록을 잘 하지 않게 되었어요.

내가 세운 원칙보다
아이 컨디션을 우선시 했지요.

때가 되면 다 바로잡을 수 있다고 생각하니
아이의 사소한 행동에 스트레스를 안 받게 되었어요.

남들의 시선보다 아이와의 순간에 집중하기로 했고요.

그리고 매순간 너무 최선을 다하지 않기로 했습니다.

지난 1년간 저는 교과서 같은 엄마가 되고 싶었어요.

아이들 개개인의 특성은 존중해야 한다고 말하면서
정작 저는 제 육아법을 존중해 주고 있었을까요?

엄마가 되자 제 앞에 길이 하나 주어졌습니다.

자···

저 성실하고 부지런하고 자애롭고 희생적이고 요리 잘하고 청소 잘하고 화도 안 내는 어미의 길을 걸어볼까나.

MOTHER ROAD

샛길 없음!

1년 동안 그 길을 열심히 걸어봤지요.

아, 껌이네. 껌~ 근데 이 길은 왜…

그냥 걷는 게 아니라 무릎 꿇고 걸레질하며 가는 기분이지….

그 길에는 도무지 끝이라는 게 없어 보였습니다.

저 길을 닦은 건 나인가? 내가 아닌가? 나는… 누구인가?

원래 생각하던 대로 육아를 하기에는
이 세계만의 과열된 열정과 분위기가 있었고

애들은 사랑 듬뿍 주면
알아서 클 거야.

맞아. 사랑이
제일 중요하지.

빨리 키우고
우리 인생도 챙기자.

아무리 어려도 때맞춰
교육시켜 줘야지.

엄마가 예민해야
애가 잘 크는 건데….

어머님, 영어 노출
시작하셨어요?

엄마가 너무 쿨하시네.

아이가 커갈수록 나아질 것 같지 않았어요.
'어떻게 하는 게 나다운 걸까'라는 고민 끝엔

안녕…. 너희는
여기 두고 갈게.

'편안하게 키우고 싶다'는
마음이 있었습니다.

그래도 너희 덕에
좋은 점이 참 많았어.

'내려놓는' 건 아이를 포기하는 거라 생각했었어요.

제가 잡고 있던 것들이
아주 사소한 것에 불과했다는 생각이 들었어요.

내려놓는 육아를 하며 신기하게도

제 마음에 여유가 생기기 시작했습니다.

숙제 같던 하루가 자연스러운 일상이 되어갔고

땨땨~

엄마 한 입~
아가 한 입~

어머~ 이렇게 해도
알아서 잘 크는구나.

인간은 역시
위대하도다!

적성에 맞는 것 같다는 생각이 드는 날도 있었지요.

좋은 엄마, 좋은 육아가 뭔지는
여전히 모르겠어요.

치카 한 번에 칫솔 세 개를
동원하는 혼돈의 치카법!

슈슉

슈슉

새봄이 손에
들린 게 뭐지?

엄마 손엔 뭐지?

다만 저는 요즘 저에게 맞는
육아법을 찾아가고 있습니다.

백점짜리 엄마는 아닐지 몰라도

저는 더 행복한 엄마가 되어가고 있어요.

너를 낳고 병실에 누워 있던 밤을 기억해.

나는 그냥 매일을 충실하게 보냈어.

기저귀를 갈고

아이구, 많이도 쌌네.

한 입만 더 먹을까? 아~.

너를 먹이고

씻기고 재우는 일에 골몰했지.

자장…자…ㅈ….

매일 씻어낸 젖병들

미처 먹이지 못해 버려진 이유식

다음엔 더 맛있게 만들어봐야지.

밤마다 개던 너의 옷가지들

쿵쿵

쿵쿵

빨래 갤 때마다 울 아기 냄새♥

나의 노력으로 기억될 거야.

내 옷에서 은은하게
풍기던 너의 토 냄새

음~ 콤콤한
울 아기 토 냄새.

울 아기 뽀얀
살 좀 봐요…. 아웅,
부드러워.

세상의 때가 묻지 않은
너의 보드라운 속살

크하악!
크카칵!

흥냐~

우리 집을 가득 채우던
너의 웃음소리

그리고 너의 모든 첫 순간들…

엄떨떨..

신기   불편

악ㅋㅋㅋㅋㅋ

카시트가 무서워요?
완전히 얼었네.

첫 물놀이

첫 나들이

신 세 계

첫 마트 나들이

멍멍!
강아지풀~.

일단 경계

꿀 맛 ♡

첫 강아지풀

첫 수박

나에겐 행복으로 기억될 거야.

이 세상에 막 태어난 너에게 뜻 깊었을 시간들은

나의 인생에서도
가장 의미 있는 1년이었단다.

지난 1년을 거치면서 난 이제 제법 엄마가 된 것 같아.

너에게도 더없이 행복한 1년이었기를.

책에서 본 동물들이 진짜라는 것도 알려주고 싶고

계절이 바뀌는 아름다움도 알려주고 싶어.

우리가 함께하고 있는 두 번째 계절을 말이야.

그런데, 우린 왜 이렇게 열심일까?
너는 아마도 기억하지 못할 텐데 말이야.

너는 기억하지 못할 사소한 순간들이 모여
너의 유년 시절이 다채롭게 채워지지 않을까,

우리의 작은 노력들이
너의 마음 어딘가에 따뜻한 기억으로 남지 않을까,

그 생각만으로 엄마, 아빠는
세상에서 가장 큰일을 하고 있다고 믿는단다.

3부

그렇게 가족이 된다

남편은 감정 기복이 없는 성격입니다.

0과 1만이 존재하는 공대생의 아름다운 세상.
감정 기복이 심한 저와는 정반대의 성격이죠.

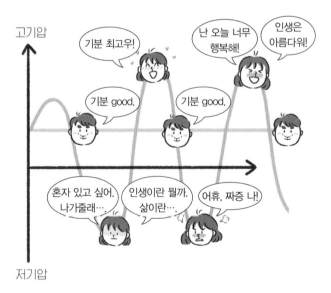

전 연애 때부터 이런 의심을 풍곤 했는데

남편을 오랜 시간 지켜본 결과
제가 틀렸다는 걸 알게 됐죠.

그런 남편의 둥글둥글한 면을 볼 때마다
새봄이가 꼭 닮았으면 하는 마음이 듭니다.

연애 때부터 질투가 없던 남편.

남편은 서운할 정도로 질투를 안 했는데

287

남편 친구들을 보고 온 어느 저녁이었습니다.

(새봄이 낳기 전 이야기)

그 이후 며칠간 온갖 드립과 개그를 날리던 남편.

자~ 이제 말해봐!

세상에서 누가 제일 웃기지?

핫핫   좌핫하

어…, 자…기?

뭐지, 나 백설공주의 거울이 된 기분….

본인만의 질투 포인트가 있는 사람이었습니다.

아빠가 될 거야

아내는 만삭 임산부입니다.

두 달 후면 새봄이가
나온다네~.

여기
생명체가….

아직도
신기해.

시간이 정말
빠르네.

실은 전 아이를 빨리 가질 생각이 없었는데
정신을 차려보니, 아빠가 될 상황이 되었어요.

요즘 왜 이렇게
애정이 넘쳐?

임신하니 몸이 힘드네.
우리 따로 자자.

OK.
계획대로…

태세 전환

나… 임신에 이용
당한 건가.

응….

아무래도 아내의 빅 픽처에
말려든 것 같기도 해요.

아내는 임신을 한 후 조금씩 변한 것 같아요.

저는 느끼지 못하는 것들을 느끼면서
엄마가 되어가고 있는 거겠죠.

주말엔 얼마 전 아이를 낳은 친구 집에 다녀왔는데

아빠가 된다는 게 실감 나기 시작했습니다.

저도 아빠가 될 준비를 시작해 보려 합니다.

아
내
를
먼
저

[몇 달 전]

하여튼 정 대리~

임신 기간에는 와이프를 제일 먼저 생각해 주도록 해.
아기 걱정이라면 양가에서 많이 하니까.

와이프는 남편이
생각해 줘야 하더라고.

오호,
그렇겠네요.

알겠습니다.

[며칠 전]

댓글들을 보니까 모유 수유할 때
못 먹는 게 더 많나 봐.

모유 수유는 얼마나
해야 해?

낳는다고 해방이
아니었구먼.

글쎄…. 그래도 올해까진
하게 되지 않을까?

아내를 먼저 생각하는 데에 진심인 남편입니다.

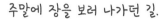

주말에 장을 보러 나가던 길.

나 면도하고 나가야 하지 않을까?

3일이나 안 밀었더니 엄청 자랐네.

안 해도 돼~.

난 자기 수염이 덥수룩한 게 더 멋있었는데~.

그, 그래? 멋져…? 멋지단 말이지?

야성미 뿜뿜~

수컷 수컷~

출산 전, 출산에 관한 유튜브를 보던 부부.

진통으로 정신없는 아내에게
남편이 호흡법을 같이 해주면
큰 도움이 돼요~.

마사지까지
해주시면 최고!

음, 공감 능력 부족한
이 사람이 과연….

좋았어!

그리고 출산 당일.

엄마! 아기한테 산소가
가도록 제대로 호흡하세요!

으으으아악!!!
쓰흡… 후…, 쓉… 후~.

자기야, 정신 차리고
내 호흡을 따라 해!

299

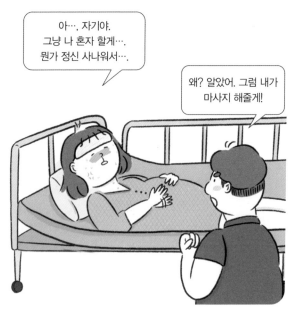

새봄이를 보며 닮은 점을 찾는 부부.

울 아기는 딸이니까 날 더 닮으려나?

기대

글쎄, 성격 보면 날 더 닮은 거 같지 않아?

기대

신기할 정도로 저희를 섞어놓은 것 같은데

나도 한자리에 앉아서 노는 걸 좋아했대. 이런 걸 보면 완전히 내 딸이야.

울 아기의 범상치 않은 춤사위를 보니, 보통 흥이 아니야.

내 딸이구나 ♥

303

생각해 보면 저 역시
부모님의 성격을 조금씩 섞어놓은 듯하죠.

대부분은 아빠의 성향을 더 닮은 편입니다.

낭만을 좇는 성격이나

정이 많은 것 역시 아빠를 닮았는데

특히 친구와 통화하는 모습은 정말 판박이입니다.

그에 반해 엄마는 감성에 젖지 않는 성격.

갈등을 싫어하는 평화주의자.

신기하게 전 그런 엄마의 면도 닮았습니다.

의식하지 못한 부분마저 닮기도 했는데

이렇게 보면 어디까지가
엄마이고 아빠인지 모를 일입니다.

저희 부부에겐 새로운 대화법이 생겼습니다.

 나한테 말해

309

아이를 낳기 전에 소문난 남편 덕후였던 아모이.

여기 보소~

우리 남편 정말
귀엽지 않습니까?

귀염

뿌짝

네네, 제가 바로
귀여운 그 남편입니다.

(아무도 공감하지 못했다고 한다.)

그래서 신혼 때부터 이런 얘기를 하고는 했죠.

우린 나중에 아이가
생겨도 우리 둘만의
인생을 살자.

그럼~ 평생 서로가
넘버원이 되자고.

알라뷰~

쏘머치~

311

하지만 아이를 낳아보니 현실은 쉽지 않았습니다.

그래도 출산하고 3개월이 되어가니
다시 남편이 보이기 시작했습니다.

그래서 요즘 소홀히 대해 온
남편에게 대화를 시도해 보았습니다.

아이고,
저 짠한 뒷모습
좀 보게….

남편 눈을 제대로
본 게 언젠지….

내가 마음의
여유가 없었구려.

응,흥흥!

자기야, 여기서 뭐해?

우리 간만에 오순도순
대화를 나눠볼까나?

혹시 요즘 자기가 서운한 것이
있었다면 말해보도록 하자~.

역시 대화보다는 선물(?) 공세였습니다.

우리 집 첫째는 오늘도 왠지 서럽습니다.

어어!

자기야, 이 남자 좀 봐.
마른 데다 완전 훈훈하다.

어쩜, 어쩜.

뭐어?
어떤 놈이지?

뭐야, 나잖아…?
이게 벌써 5년 전이네.

2015년 5월 1일   편집

우리 진짜 어려 보여. 완전
아기 같아.

난 이때 사진이 너무 좋더라. 낯선
남자랑 연애했던 과거 같기도 하고,
도통 지금이랑 매치가….

요즘 엄마가 육아를 도와주고 계십니다.

그러다 보니 평일 중 3일은 엄마와
동거를 하게 되었지요.

평소에 남편은 주로 이런 모습이거나

이런 모습인데…

요즘엔 무척 점잖아지고 있는 그입니다.

평소에 흥이 많은 아모이.

자기야, 자기야!

신혼집에 미러볼 하나쯤은 사두는 게 좋겠지?

…응?

미러볼을 집에 왜….

왜냐니!

이제 유부가 됐으니 내 흥은 자기가 책임져야지.

결혼의 무게란 그런 거 아니겠어?

그래서 신혼 때는 둘이 집에서 춤을 추곤 했는데

혼자… 오셨어요?

저 오늘 춤만 출 거예요.

323

이제는 새봄이도 함께하는

바나나 차차 ♬

바나나 차차 ♪

다같이 랄랄라랄라
차차 ♬

가족 댄스 타임이 생겼습니다.

옛날에 한 남자가 있었습니다.

그는 인생을 새로 시작하고 싶었습니다.

어느 날 그의 앞에 악마가 나타났습니다.

326

남자는 온 힘을 다해 뛰어서

혼자 사는
노모의 집에 도착했습니다.

내 인생을 다시 시작할
마지막 기회야.

어머니,
이해해 주세요····.

잠시 망설이기도 했지만 약해지는
마음을 다잡기로 했습니다.

그는 어머니의 심장을 꺼내

악마에게 달려갔습니다.

헉!

헉!

너무 서두른 나머지
돌부리에 걸려 넘어져 버렸지요.

327

그러자 바닥에 떨어진 심장이 남자에게 말했습니다.

[아모이 중딩 시절]

에에~ 말도 안 돼.

그런 사람이 어디 있어?

아무리 부모라도 그렇지. 나라면 "이 배은망덕한 자식아! 내가 널 어떻게 키웠는데. 꼬시다!" 할 거야.

엄마는 열 안 받아?

네가 나중에 부모 되어 봐. 부모 마음은 다 그런 거야.

그리고 그런 사랑이 진짜 있다는 걸

내가 이렇게 누굴 또 사랑할 수 있을까?

너의 행복이 나의 행복일 거야.

느끼고 있는 요즘입니다.

엄마를 이해해

아이를 키우니 엄마 생각을 자주 하게 됩니다.

난 한 명도 이렇게 힘든데 엄마는 어떻게 두 명이나 키운 거지?

엄맥! 엄맥!!!

나, 난… 못 해….

당연하게 여겼던 엄마의 지난 날이

삼시세끼 다양한 식단으로 온 가족 밥 차려주기

하…, 하루 한 끼도 너무 힘들어.

요리… 귀찮아….

남매 모두 3년 가정 보육

아가~ 어린이집 잘 다니렴.

엄만 좀 쉴게.

결코 당연하게 여길 수 없는 일이라는 걸 알게 되죠.

하지만 엄마에게는 여전히 희생이 당연해 보입니다.

저는 그런 엄마가 될 자신이 없는데 말이죠.

나도 새봄이한테 엄마 같은 엄마가 될 수 있을까? 자신이 없어. 난 이기적인 엄마 같아….

엄마가 옆에서 보기엔 넌 엄마보다 더 훌륭한 엄마야.

엄마는… 그냥 키웠어. 아무것도 모르고 그냥 키웠지.

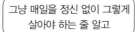

그냥 매일을 정신 없이 그렇게 살아야 하는 줄 알고

밥 해주고 씻길 줄은 알았어도 이해해 주고 그런 건 잘 몰랐어.

그래서 요즘 TV 보면 많이 후회돼.

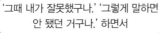

'그때 내가 잘못했구나.' '그렇게 말하면 안 됐던 거구나.' 하면서

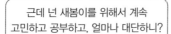

근데 넌 새봄이를 위해서 계속 고민하고 공부하고, 얼마나 대단하니?

신혼 때는 시댁에 가면 긴장했던 아모이.

내일 가면 무슨 얘기를 해야 하지….

난 말주변도 없는데….

전날부터 걱정 중 →

혼신의 리액션을 준비해야….

엄마가 말씀을 많이 하실 거야.

그냥 들어만 드리면 돼.

어머님이 말씀 많으신 편이라 천만 다행이야. 정적 무서워….

아이를 낳고 나서는 좀 달라졌습니다.

자기야, 내일 어머님, 아버님 댁 몇 시에 가기로 했지?

오, 그럼

열두 시에 가서 식사하고 커피 마시고 오면 될 듯?

후식으로 먹을 빵이나 디저트를 우리가 사가자!

꺄악, 신난다~

응, 그러지 뭐….

예전엔 모든 관심이 저에게 집중되었는데

이제는 새로운 관심사 덕에 한결 편해졌습니다.

아내 응원법

육아에 지친 우리 와이프. 응원해 주고 싶은데 방법을 모르시겠다고요?

칼퇴흐르그…. 야근 흐즈므….

그믄은드….

쪼증느그, 즌쯔….

전~혀 어렵지 않으니 함께 알아보아요!

주말 하루는 아내에게 혼자만의 시간을 주세요.

오늘은 카페 가서 커피도 마시고 구경도 하고 책도 읽다가 와!

진짜 괜찮다니까~ 딱히 할 것도 없어.

오늘은 자기 하고 싶은 거 다 하고 와!

진짜 간다?

울면 전화해.

빠바!

한층 온화해져서 돌아오는 아내를 볼 수 있습니다.

아내가 좋아하는 물건이 많은 곳을 가주세요.

마지막으로 고맙다는 말을 꼭 해주세요.

육아는 열심히 해도 티가 안 나고
성과도 안 보여서 심적으로 지치는 일이랍니다.
가족들의 인정과 응원 한마디가 큰 힘이 된다는 것!

자기가 새봄이 키우느라
고생이 많아. 자긴 정말 대단해.

항상
정말 고마워.

훈훈~

자기야말로 퇴근하고
또 애 보느라 고생이지.

나도야···. 우리
새봄이 잘 키워보자.

훈훈~

아내 위로해 주기, 참 쉽죠?

아빠가 된다는 건 어떤 걸까요?

내가 품고 낳은 우리 아기래.
너무 신기하지 않아?

그러게.
정말 신기하다.

내 배 속에 있었던
내 새끼····.

10개월 동안 배 속에 품다
만났으니 더 친근하겠지?

아기를 봤을 때 첫 느낌은

이게… 내 자식?
…고구마?

이 생명체가 크면
사람이 되는 거라니….

나를 닮았나?
잘 모르겠네.

잘못 만지면
부서질 것 같아.

너무 작아서
무섭다····.

같이 웃고 떠들던 아내는

꾹꾹꾹!

아, 진짜ㅋㅋㅋㅋㅋㅋㅋ
너무 웃기다ㅋㅋㅋㅋㅋㅋ

자기 완전 웃겨
ㅋㅋㅋㅋㅋㅋ

자긴 지금 상황에서
농담을 하고 싶어?

지금 애가 왜
우는지도….

아니, 난… 자기가
좀 웃었으면 해서….

매일 너무
심각하길래….

그 시간에 차라리 같이
육아 정보를 좀 찾아줘.

불과 며칠만에 앞서 부모가 된 것 같았죠.

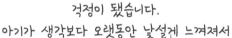

걱정이 됐습니다.
아기가 생각보다 오랫동안 낯설게 느껴져서

꼭 박물관에
전시된 인형 같아….

아내만큼 이 아이를
사랑하지 못하게 될까봐….

내가 부성애 없는 사람은
아니겠지? 내가 이상한 걸까….

하지만 시간이 지나면서
제 마음에도 변화가 생기기 시작했습니다.

틈만 나면 아이의 사진을 보고

아이를 살피고
이젠 꿈에도 아이가 나옵니다.

아이가 좋아할 만한 놀잇감을 검색하고

아이와 함께 갈 장소를
저장하고 있는데

새로운 제 자신을 발견하고 있죠.

얼마 전에는 문득 이런 생각이 들었습니다.

전 아빠가 되어 가고 있습니다.

저희 집에서 친정까지 거리는 한 시간 반.

안녕 나홀로 육아

차 안 막혔어?
운전해서 오느라 고생했어.

아냐, 금방 와.
새봄아, 할머니 왔다~.

웅에~

전 항상 죄송한 마음이 들었습니다.

나 때문에 다 고생이네.
엄마가 자고 가면 아빠는
또 혼자 주무셔야 하고….

뭐가 고생이야~

올해는 그래도 엄마가
봐줄 수 있으니까.

매번 오가기는
너무 멀고….

가까이 살면
좋을텐데….

엄마 안 오면
넌 밥도 안 먹으니….

345

이제까진 어찌저찌 혼자 아기를 볼 수 있었는데

모빌도 잘 보고, 낮잠도 잘 자고.

나는 아무 생각이 없다. 모빌과 나만이 존재할 뿐.

나는 생각이 생겼다. 날 혼자 두면 울 것이다.

내 발목에 채워진 너와 나의 연결고리….

엄마 할 일 좀….

아기가 자랄수록 혼자 보는 게 어려워져서 엄마의 도움이 꼭 필요해졌죠.

그러던 어느 날

사실 엄마는 너랑 새봄이가 아예 엄마네 와서 살았으면 해.

근데 그러면 너희가 주말 부부를 해야 하고 정 서방도 아기를 못 보니까….

?!?!

아, 아예 들어가서?

같이 살면 엄마가 계속 봐줄 수 있어서 엄마도 마음이 편해.

생각해 봐~

몇 주 내내 고민을 했습니다.

엄마네로 들어갈까.
남편이 외로우려나.

오히려 좋아할지도.

실은 요즘 나 혼자
너무 많은 일을 감당하고 있단
생각에 화가 나기도 했어.

지치기도 했고.

그럼 매일 여유 있게 목욕도 할 수 있고,
그림도 쫓기듯이 그리지 않아도 되겠네.

그래, 나도 이제 좀
편해지고 싶어.

그리고 결정했습니다.

그래서, 아예 가진 않더라도
엄마네 가서 몇 주씩 사는 건 어떨까 해.

매번 오시라고 할 때마다
죄송하기도 하고····.))

응, 나야 장모님께
너무 죄송하지 뭐····.

내가 미안해.

아냐, 자긴 정규직의 무게를
감당하며 돈을 열심히 벌도록 해.

응····. 내가
주말마다 갈게.

347

그리고 다음 날

여보, 안녕~

전 나홀로 육아의 굴레를 벗어던지고
내 행복을 찾아 재빨리 떠나려 합니다.

빠이, 짜이찌엔!

이, 이렇게
바로 가?

웅~
(=잘 있어라.)

정떠우까지···?

아예 안 오는 건
아니지?

친정에서의 육아가 시작됐습니다.

348

아내와 새봄이가 본가에 갔습니다.

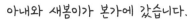

친정 간 아내

일주일 정도 혼자
잘 있을 수 있지?

웅~

외롭다고
울지 마~

크흡,
응....

힘들겠지만
잘 있어볼게.

아내와 딸이 날 두고…

가버리다니....

호끅

나만 혼자 남겨두고….

히끅

끅···흥

나만··· 혼자···

후우~

진정, 진정….

일단 햄버거 두 개씩 시켜먹고

퇴근하고 유튜브 실컷 보다 잠들고···.

청소하고
분리수거하면
뭐 제대로 쉬지도 못합니다.

아내가 빨리 돌아왔으면 좋겠…습니다.

친정에서의 공동 육아가 시작됐습니다.

육아 경력 7개월
새봄의 친모

새○○봄
우리집 상전

육아 경력 35년
슬하 1남 1녀

슬하 1남 1녀 동일
육아 경력…?

3인의 안정감

저와 엄마는 아빠의 역할에 대해 의문을 품었습니다.

날이 좋구나~♪

아빠가… 아기를
잘 보실 수 있을까?

흠, 그렇지. 너희는 사실상
엄마가 다 키웠으니….

아빠와 육아는 뭔가
상상이 안 되는걸….

너랑 나랑
주로 봐야겠지.

하지만··· 아빠의 역할은 정말 컸습니다.

둘이 볼 때는 이런 느낌이었다면

셋이 볼 때는 이런 느낌입니다.

한 명이 쉴 동안

나머지 두 명이
일을 하기 때문에

돌아가면서 한 명씩
휴식을 취할 수 있다는 것!

역시 육아는 하나보단 둘,

전 한 시간 더
버틸 수 있어요.

끄으으····

곧··· 교대
부탁드립니다.

넹~ 전 완전히
풀 충전 됐네요♥

둘보다는 셋인가 봅니다.

요즘 저희 아빠는 육아를 직접 하시면서

이해의 한마디

새로운 깨달음을 얻고 계십니다.

깨달음1
아기는 혼자 놀아도 되는 장난감에서도 혼자 놀지 않는다.

깨달음2
아기가 잔다고 다른 일을 마음껏 할 수 있는 건 아니다.

그래서 하루에 몇 번씩 이런 말을 하시는데

그 한마디에 참 위로를 받습니다.

금요일 퇴근 후 친정으로 오는 남편.

주말에 잠시 외출을 하기로 했습니다.

[다음 날]

울 아기도
코에 바람 쐴 겸.

그냥 새봄이 데려갈까?
외출을 너무 안 시키는 것 같아.

예쁜 외출복도
좀 입혀보고 싶고.

에이~ 앞으로 새봄이 데리고
돌아다닐 일 많을 텐데 뭐.

응? 왜…? 장모님이
둘이 오붓하게…

다녀오라고····.

그치만~

7개월인 새봄이랑 외출할 날은
오늘 하루뿐인걸 ♥

매일매일
특별한 울 아기~

요요 귀염둥이!
마스크 쓰면 또 얼마나
귀여운데~

주말에만 만나니 왠지 애틋해진 부부입니다.

동네 친구분을 만나고 오신 아빠.

아가야~.

할아버지 왔어요~.
우리 아가야~!

할아버지,
다녀오셨어요!

우리 아가야 보고
싶어서 빨리 왔어요.

오늘 아빠 친구한테 우리 손녀
자랑을 아주 잔뜩 하고 왔지.

오호…. 사진도
보여드렸어?

그럼~ 엄청
보여줬지.

도무지 이유를 알 수 없는 부녀입니다.

남편의 반전

친정살이를 끝내고 집으로 돌아왔습니다.

아이는 하루가 다르게 자라나는데

그 모습을 못 보는 남편이 아무래도 마음에 걸려서
집으로 돌아오기로 했죠.

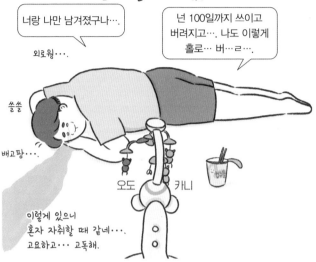

그래서 그런 것인지⋯ 남편이 좀 변했습니다.

약간 당황스러울 정도로 변해버린 남편.

한 달 동안 그에게 무슨 일이 있었던 걸까요?

친정 엄마와 새봄이를 보던 어느 날

엄마가 보니, 새봄이는 겁이 많고 조심스러운 성격인 것 같아.

그 부분을 네가 알아두고 앞으로 키우면서 계속 신경을 써.

혼자 있는 것도 많이 무서워하고.

내가? 어떻게?

흠, 예를 들면···

네가 뭔가를 가지러 가려고 급하게 일어나면 새봄이가 울잖아?

네 생각엔 '저기 잠깐 가는데 대체 뭐가 무섭단 거지?' 싶겠지만 그건 네 입장인 거야. 새봄이 입장에서 무서운 거면 무서운 거라고 인정해줘야 해.

'우리 아기는 잠깐이라도 혼자 남겨지는 게 무섭구나.' 생각하고 손 잡고 같이 가고 그러라는 거야.

아··· 듣고 보니 그렇네···.

난 항상 내 입장만 생각한 것 같아.

367

건강만 해다오….

앞으로 자식을 키우다 보면
그럴 일이 많을 거야. 내 입장에선
이해가 안 되고 애쓰고 노력한 것과
다르게 자랄 수도 있어. 근데…

내 자식이 어떤 아이든 그걸
인정하고 사랑해 줘야 해.

처음 낳았을 때
마음을 생각해 봐.

맞네…. 키우다 보니
초심을 잃었나 봐.

물론 쉽지 않은 일이지만
그게 새봄이가 행복한 길이야.

그래서 다들 부모 되기가
어렵다는 거야~

그나저나 우리 아가는
엄마를 안 닮았나 보네.
네 엄마는 아주 겁이 없어서
할머니가 걱정을, 걱정을….

내, 내가 무슨 겁이 없어!
완전 착한 딸이었는데!

오늘도 또 엄마에게 많은 것을 배웁니다.

368

그러던 얼마 전

엄만 도대체 둘을 어떻게 키웠어?
난 힘들어서 둘째는 생각도 안 난다.

하나도
간신히 키우는데····.

몇 년 지나 봐.
둘째가 얼마나 예쁜데!
말도 못하게 귀여워.

널 딱 낳고 나니까 오빠가
어른 같아 보이더라니까.

내가 그래서 둘째를 낳고 나서
엄마와 나의 삶을 상상해 봤는데

ㅎㅎㅎ

한번 들어볼래?

아주
흥미로워.

응?

일단 둘째를 낳으면 엄마랑
거의 매일 보게 되지 않을까?

내가 하루가 멀다 하고
양평에 올 것 같은데····.

그리고 잠시 생각에 빠진 듯한 엄마···.

육아는 황혼에도 피하고 싶은 일인가 봅니다.

몇 주간 친정에서 지내다 온 아모이와 새봄이.

지내는 동안 새봄이가 유독
할아버지를 좋아하게 되었는데

그 사랑이 얼마나 컸는지

할머니보다도 더 따르고는 했어요.

그 배후엔···

은밀하고 든든한 지원군이 있었습니다.

새봄이를 보던 어느 날

눈누눈~
누누~.

…아빠? 무슨 일
있으신가.

어딘가 생각에 잠겨 보이던 아빠.

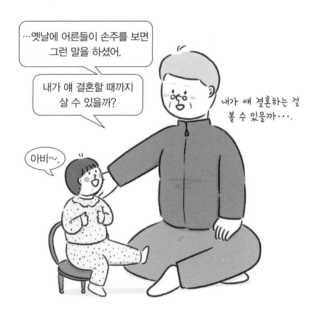

…옛날에 어른들이 손주를 보면
그런 말을 하셨어.

내가 얘 결혼할 때까지
살 수 있을까?

내가 얘 결혼하는 걸
볼 수 있을까….

아비~.

우리 가족이 오래도록 함께했으면 좋겠습니다.

첫째를 낳고 나면 이런 고민을 하게 됩니다.

우리의 가족계획은…
새봄이 외동 확정인가?

둘째 노노?

웅, 확정 아니야?

난 그렇게 알고 있었는데.

그치… 그렇게 합의했었지.

아이를 낳기 전 저희 부부는 이랬다면

우리의 능력과 내 힘이 닿는다면
셋 정도 낳아 왁자지껄 시끌벅적
살아보는 것이 어떻겠소?

나 역시 열심히
벌어보리다.

사양합니다.

전 무자녀도 괜찮은데
유자녀라면 1자녀로
충분히 만족하오.

단칼

셋이라니
당치도 않소.

378

아이를 키우면서 이렇게 변했죠.

다른 부부들과는 또 이런 이야기를 많이 나누는데

자녀 계획에 확고한 의지가 있지 않은 이상
계속되는 고민이라 다른 집들의 의견이 궁금한 것 같아요.

그리고 첫째를 낳고 나면
이 말 역시 정말 많이 듣는데···

그리고 정말 확고했던 아모이.

돌이 지난 후, 어느 날.

남편은 그대로 굳어버렸습니다.

그래, 어디 이유라도 들어보자.
왜 둘째를 가지려는 생각이 든 거야?

너무 힘들어서
다시는 안 할 거라며.

글쎄…. 돌 지나고 나니
문득 이런 생각이 들더라고.

지난 1년 간은 육아가 힘든 것보다도 뭐랄까…

나와 유모차라니…
어색하다. 어색해.

삐걱

삐걱

'엄마'가 된 내 자신을 받아들이기까지
시간이 필요했던 것 같아.

스스로가 낯설기도 했고
과거의 나랑 계속 비교를 했거든.

'새댁'과 '아줌마' 사이에
붕 떠 있었달까.

근데 아이랑 한 계절을 다 보내고 나니
적응이 좀 되기도 했고, 엄마로 사는 게 익숙해졌어.

그리고 무엇보다 이제··· '엄마'인 내 모습이 마음에 들어.

하지만 그렇게 되면 식구는 늘어나는데
지금보다 수입은 줄어드니까

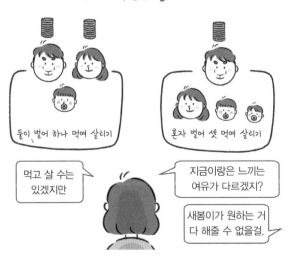

맞아⋯.

그렇지만 내가 아이를 키우면서
새로 알게 된 건

돈이나 풍족함이 줄 수 있는 행복보다
훨씬 더 큰 행복이 있다는 거였어.

가족을 꾸리는 행복이 참 크더라고.

열심 열심

그리고 아이들은 정말 작은 것에도 즐거워해.
뭐든 최고로만 해줘야 아이에게
좋을 거라는 건 부모만의 생각이 아닐까?

응⋯. 그건
나도 동의해.

그렇지만 내가 육아에 더 참여할 수 없는
상황에서 자기 혼자 고생하는 건 싫어.

이제 내년부터는
장모님 찬스도 못 쓸 텐데⋯.

하하, 그치. 사실⋯

내가 엄마 도움 없이 둘째까지
키우는 건 엄두도 안 나.

그렇지만 엄마에게 더 손 벌리고
싶지 않은 마음도 있어.

엄마는 평생 동안 누군가의 밥을 차리고 뒷바라지하고 돌보면서 살았잖아.

헉헉! 소아과가…!

그 삶도 괜찮았겠지만 나로 인해 엄마가 또 그 일을 반복한다는 게

어머님, 진지 드세요.

나는 마냥 마음이 편치는 않은 것 같아. 이제 엄마도 엄마의 인생을 즐겼으면 좋겠어.

근데 또 우리 엄마 마음이 약해서

내가 막상 둘째 생기면 엄마는 결국 날 도와주려고 할 거란 말이야. 마음이 복잡해…. 나한테 육아는 엄마도 얽혀 있는 문제랄까….

딸의 딸까지 돌보는 것… 자기의 미래가 될 수도….

그래~ 자기야! 장모님도 힘드시고 자기도 힘들고! 안 돼!

389

둘째끼리는 통하는 설움이 있습니다.

저 역시 자잘한 설움을 갖고 자랐죠.

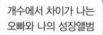

그래서 남편을 보면 참 부러운 게 많았습니다.

그래서인지 전 이런 욕심이 있었어요.

하지만 오히려 아이를 키울수록

엄마를 이해할 수 있는 부분이 생겼죠.

자식이 하나인 저에게 둘째 엄마의 마음은
여전히 미스터리입니다.

제가 둘째를 낳는다면
엄마를 완전히 이해할 수 있을까요?

하지만 그걸 위해 또다시 산을 넘을 순 없죠.

아직은 미지의 영역으로 남겨두기로 해요.

육아가 힘들다는 아내를 항상 위로해 줬지만

하… 갈수록 때가
더 느는 것 같아.

에고, 힘들지….
떼가 늘어서 어쩌나.

하지 말라는데
계속하고….

너무 지친다.

건강어린둥
초

사실 크게 와닿지는 않았어요.

아기를 보는 게
그렇게 많이 힘든가?

그래도 집에서 아기랑 있으면
마음은 편할 것 같은데….

아내에 대해 잘 이해할 수 없는 부분도 있었죠.

왜 이렇게 깜빡하고 기억을 못하는 게 많은지

아내가 보기에 아이 물건은
왜 사도 사도 끝이 없는지 말이죠.

하지만 코로나 때문에 일주일간 격리되어 육아를 해보니

종일 아이에게 끌려 다니다가

하루가 다 간다는 걸 알게 됐죠.

내 몸은 평일에 일하면
주말에 쉬는 것에 익숙해져 있는데

육아는 '월화수목금'만 반복되는 것 같았습니다.

하지만 그 시간만큼

세상에~ 울 아기가
일어나자마자 아빠를 다 찾네!

아빠앙…. 아빠,
아빠♥

지금… 아빠
찾은 거야?

아이와 정말 많은 추억이 생기더라고요.

엄마들은 이 마음 하나로 긴 하루를

지금까지 자기가 얼마나
고생하고 있었는지…. 사실
이 정도일지는 몰랐어.

이제 주말엔 무조건 자기
혼자 밖으로 내보내야겠어.

육아 진짜…
하….
할말하않….

…어? 갑자기?
고, 고마워.

머쓱

건강마라톤
맛

쑥스

버리고 있는 게 아닐까 하는 생각이 들었습니다.

육퇴 후 남편과의 수다 타임.

새로 알게 된 것들

자긴 아기 생기고 나서
새로 알게 된 것들이 있어?

오, 있지, 있지!

전에는 몰랐는데
새로 보이는?

예를 들면?

밖에 돌아다닐 때
확 느끼는 듯?

난 유모차를 끌고 다니는 사람이
그렇게 많은지 전에는 몰랐어.

오, 맞아. 유모차만
보이지, 이젠.

원래 이렇게 많았나?
이제 애 아빠들밖에 안 보이네.

그러게…. 우리가 낳고
더 많아진 건 아닐 테고….

동지애…

누가 애 안 낳는다는겨?
이렇게 많은데.

우리 아버지들의 새로운 모습을 알게 됐다는 거?

친정 엄마와 육아를 하다 보면 갈등이 생깁니다.

엄마이지만 경험이 없는 저와
이미 두 아이를 키워낸 할머니 사이에

저는 친정 엄마에게 최대한 맞추긴 했지만

그래도 신경 쓰이는 부분은 있었는데

걱정이 너무나 많으셨다는 것….

그러다보니 나중에는

저희 부부가 엄마 눈치를 보게 됐습니다.

가족의 순간

며칠 전, 갑자기 아팠던 아모이.

그렇게 가족이 되는 순간을 느꼈다고 합니다.

아모이의 가족 모먼트

와, 진짜····.

나 계속 이러고 있었던 거야?

나도 볼 때마다 짜릿한데, 오빠 어떤 기분이려나····.

저도 가족의 순간을····。

지난 주 장염으로 가정 보육을 한 새봄이.

이거 갖고 놀고 있어.
엄마가 금방 죽 끓여줄게~.

어린이집에 보내다가 안 보내려니···

아··· 죽겠어요···.

24시간 붙어 있는 것···
너무 힘들어···.

샤항어~.

← 이 분은 기분 최고!

해야 할 일은 하나도 하지 못하고

장대비를 뚫고
걸어서 병원을 가려다

으아니! 무슨 비가 이렇게…! 안 돼
그래도 지금 안 가면 너무 늦어져.

우산은 엄마가 잡을게
가만히 좀…!

고생만 하고 다시 집으로 돌아와

엇? 새봄아.
장화 어디 갔어?

어디 떨어진 거지?
가만, 가만히 좀 있어봐!

흥꺄악!

끼요~

결국 시부모님께
연락을 했습니다.

어머님, 혹시… 지금 와주실 수 있으세요?
병원이 바로 집 앞인데 비가 너무
많이 와서 갈 수가 없네요….

시간이 너무 늦어진 탓에

소변을 오래 안 눠서
수액을 맞아야 하는데
저희는 곧 문을 닫으니
응급실에 가보세요.

응급실이요?
아… 네….

엎친 데 덮친 격으로 남편은 약속이 있는 날이었죠.

아… 알았어.
끝나고 바로 와줘.

안 갈 수는 없는
약속인 건가?

응급실에서 새봄이를 재우고 밀린 일을 하다가

집에 가면 새벽 2시가 넘고,
내일도 어린이집에 못 갈 테니
지금 해서 보내야겠다.

아이가 아프니 내 일상은 송두리째
흔들리는데 남편은 그대로네.

앞으로 또 새봄이가 아프면
이런 상황이 되겠지.

남편에 대한 서운함이 스멀스멀 올라왔습니다.

남편도 요즘 힘들어 보였지만

그렇다고 제가 힘들지 않은 건 아니었으니까요.

저는 언제쯤 '엄마'가 편해질까요?

저를 제외한 다른 엄마들은 모두 대단해 보입니다.

저는 왜 엄마가 되어서도

하지만 이런 고민은 쉽사리 말할 수 없었죠.

하지만 그건 남편도 마찬가지였습니다.

저희는 서로 각자의 할 일을 묵묵히 하고 있었지만

사실 조금씩··· 지쳐가고 있었습니다.

싸움은 꼭 중요한 날에 일어납니다.
그날은 남편의 생일이었어요.

아이를 맡기고 저희가 가질 수 있는 시간은
다섯 시간 정도.

아이를 맡기고 누리는 자유는

내 옷 다 보고 자기 것도 보자.

아, 아냐. 밥도 먹어야 하고 난 얼마 전에 인터넷에서 샀어.

내 옷 볼 시간까진 없겠어.

자기야. 그것만 먹고 출발하자.

웅웅.

어머님 허리에 복대 차고 계셨던 게 마음에 걸려. 오늘 컨디션 안 좋으신데 자기 생일이라 무리하신 듯.

좋으면서도
참 편치 않았습니다.

아이를 데리러 가는 길에 우리는 생각에 잠겼습니다.

아이를 한 번 맡기려면 온 가족이 동원되어야 하고 그렇게 해서 갖는 시간은 매번 너무 짧네. 이제 가면 다시 저녁 육아 시작이구나….

우리는 둘만의 밤이 너무 그리웠습니다.

밤에 하던 외출도,
함께하던 산책도

설레는 일은 대부분 밤에 일어나니까요.

하지만 이제, 우리의 밤은 아이의 것이 되었고

그동안 갑갑한 마음이
쌓였던 걸까요.

결국 사소한 일로 다투고 말았습니다.

남편이 갑자기 눈물을 흘렸습니다.

우리는 같이 엉엉 울었습니다.

그날 저녁 육퇴 후 이어간 대화.

재! 자기가 지금 가장 하고 싶은 걸 생각해 보자.
너무 오래 생각 안 해서 잠시 잊은 걸 거야.

하고 싶거나 가고 싶은 데 없어?
내가 다 오케이할게. 얘기해 봐.

……

비   장

…다음…

다음 주 일요일 저녁에 음악 페스티벌이 있어.
내가 좋아하는 아티스트 공연이 저녁 8시야.

(냉큼)

…이렇게… 바로 나온다고?

뭐, 뭐지…

굉장히 구체적…

이 자식..
다 계획이 있었구나..?

왠지 당한 기분

428

그렇게 저희는 하루씩 희생하며

각자의 밤을 보냈습니다.

우리는 지금 힘든 시기를 건너고 있습니다.

분명 최선을 다하고 있고

아이가 주는 행복은
무엇과도 바꿀 수 없이 큰데

가끔 공허한 마음이 듭니다.

우린 그 마음을 인정하기로 했어요.

과거가 이토록 그리운 이유는

그만큼 행복했기 때문이겠죠.

나의 빛나는 시절을
함께 기억할 사람이 있다는 것만으로 위로가 됩니다.

우리의 매일은 계속 변함없을 거예요.
자유보다 책임이 강한 날들이 반복될 겁니다.

하지만 그런 만큼 서로가
서로에게 힘이 되기로 했어요.

힘든 이야기를 솔직하게 하고 들어주기로 했어요.

가족으로서의 시간이 아닌
개인의 시간을 더 갖기로 했습니다.

친구와 있을 때만큼은 부모가 아닌
철없는 내가 될 수 있으니까요.

힘든 시기이지만 함께 건너기로 해요.

그러면 더 힘이 날 것 같습니다.

우리는 연애 시절부터 비슷했습니다.

각자 하고 있는 것도

하고 싶은 것도

앞으로 함께하고 싶은 것도 많았어요.

우리는 준비 끝에 부모가 되었지만

각자의 인생이 너무 소중했기 때문일까요.

남들보다 부모가 되는 성장통을

더 많이 느꼈던 것 같습니다.

남편은 원래 출퇴근 길에 새로 출시된 앨범들을 들었습니다.

저는 새봄이 돌까지는 짬을 내서라도 책을 읽었고요.

언젠가 다시….

어느새부터 우리는 이런 것들을 하지 않게 됐습니다.

잘 가~ 잠시 안녕.

내 꿈

내 시간

당분간 되찾을 수 없는 것들에 대한 미련을 우리는 이제 놓아주기로 한 거죠. 그건 슬픈 일일까요?

어쩌면 우리가 어렸을 때 무심코 넘긴,
이루지 못한 꿈을 하나씩 안고 있는

부모님의 모습이 되어가고 있는지도 모르겠습니다.

하지만 이상하게도
우린 그 체념마저 행복이라고 말하고 있었어요.

우리 요즘 '행복하다'는 말 정말 많이 하는 거 알아?

예전엔 육아가 마냥 힘들었는데… 요즘은 큰 언덕 하나를 넘은 기분이야.

기쁨이 정말 커졌어.

예전에 엄마가 '너희 키울 때가 제일 행복했다'고 한 말을 이제 알 것 같아.

아이가 주는 행복이 너-무 커서 이 정도 고생쯤은 해야 균형이 맞겠단 생각도 든다…?

이런 행복을 거저 가질 순 없으니까.

그치. 난 이제 자기랑 새봄이가 없는 날들은 상상이 안 돼.

이게 지금 내 인생의 행복이야. 우리 세 가족이 함께 행복한 것.

자기도 참 가정적인 사람인 듯…. 나랑 비슷해서 다행이여~.

그런가? 나도 2년 동안 많이 변한 것 같아.

이제 언덕 하나는 넘어간 걸까요.

우리 가족은 더 단단해지고 있습니다.

아이를 낳기 정말 잘했다고 느끼는 순간은
부모님들이 행복해하는 모습을 볼 때입니다.

한 번도 보지 못한 아빠들의 표정을 보기도 하고

442

엄마들에겐 오랜만에 옛 추억을
소환할 시간을 드리는 것 같아요.

새봄이 보고 예전에 써놓은
육아일기를 꺼내 봤단다.

옛 기억이
새록새록~

이게 다 새봄이
덕분이지.

지금 돌이켜보면 그때가
제일 행복했어.

그립네.

내 아이를 나만큼 걱정해 주고

아이고. 그래, 그래.
지금 바로 가마.

어머님, 새봄이가 아파서
병원을 가야 할 것 같아요.

할미가 또 우리
강아지 옷 사왔지~!

새봄이 옷은 사도, 사도
예쁜 게 계속 보여요.

사랑하고 아껴주는 사람들.

그리고 저희에겐
부모님을 함께 추억할 사람이 더 생겼습니다.

새봄이가 이 세상에 온 순간부터

우리 가족에겐 서로를 이어주는
연결고리가 생겼어요.

아이만큼 사랑스러운 연결고리가 또 있을까요?

그 덕에 우리 가족은 더 단단해졌습니다.

엄마는 가끔 걱정돼.

엄마가 날 키우면서 그린 이야기….

어디 한번 읽어볼까.

네가 자라 엄마의 육아 기록을 본다면

속이 상하지는 않을까,

엄마가 날 키우면서 이렇게 힘들어했구나….

내가 너무 말을 안 들었나?

내 시간 언제….

으어~ 힘들어요.

나 때문에 엄마가 많이 힘들었구나.

내가 더 잘할 걸….

446

하지만 꼭 알아주었으면 좋겠어.

너는 울고 떼쓰고 짓궂은 장난들을 쳤지만

아기들은 원래 다 그런 거야.

나의 일 = 울고 떼쓰고 장난치고
안 자고 안 먹지만 무럭무럭 잘 자라는 것.

엄마도   아빠도   할머니도   할아버지도

· · ·

우리 모두 그런 아기 시절을 지나 왔단다.

네가 주는 행복은 언제나 분명하고 커다래서

아고, 울 애기
입술 박치기!

엄마 뽀뽀 쪽~!

박력

아주 확실한
행복이야···

확인받을 필요가 없었어.

엄마 손 잡아~
아가 엄마 같이~.

엄마랑 아빠는 매일 너를 통해 알 수 있었거든.

하지만 힘든 일들은 나누고 싶었어.

그러면 엄마, 아빠도 좀 안심이 되었으니까.

엄마의 육아 일기에
행복만이 있지 않아 미안해.

물론 그건 솔직한 마음이었지만
이것만큼은 꼭 알아주렴.

엄마가 미처 남기지 못한
너와 함께하는 모든 순간들에는

아주 커다란 행복만이 가득했다는 것을‥‥.

감사의 말

이 책이 나온 지금 저희 아기는 두 돌이 지났습니다. 3년간 그리고 써온 만화들을 차곡차곡 모아보니 감회가 새롭네요. 제 모든 만화들은 (아직 헌봄이라는 이름을 갖지 못했던) 아모이툰 독자님들의 뜨거운 사랑으로 지금까지 이어올 수 있었습니다. 매번 댓글 창에서 경험과 공감을 나눠주신 모든 헌봄이들께 이 자리를 빌려 감사의 마음을 표합니다. 그리고 제가 기다리던 모습으로 나타나 선뜻 출간을 제안해 주신 편집자님께도 감사의 말씀을 드립니다.

이 책이 나오기까지 온 가족의 도움이 동원되었습니다. 먼 길을 달려와 딸에게 밥을 차려 주시고 손주를 돌봐주신 저희 부모님, 며느리가 원고 작업을 할 수 있도록 주말에 새봄이를 돌봐주신 시부모님께 무한한 감사와 사랑을 전합니다. 제 창작물의 첫 번째 독자이자, 언제나 응원을 아끼지 않는 아모이툰의 매니저, 남편 덕분에 포기하지 않고 그림을 계속 그릴 수 있었습니다. 항상 고맙고 사랑합니다. (여보 나 잘했지?) 그리고 새봄이에게. 이 책은 너와 내가 함께 만든 첫 번째 책이란다. 고맙고 사랑해.

452

'아모이'의 이유

그렇게 '아모이툰'이 되었다

소재를 부탁해

엄격한 매니저

시간이 없어

많이 받는 질문

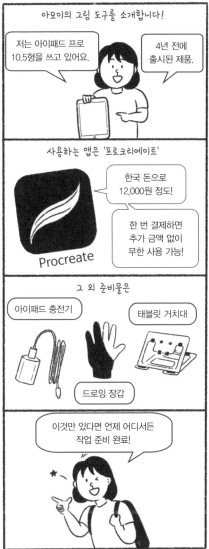

아마도 모두의 이야기

1판 1쇄 인쇄 2022년 10월 10일
1판 1쇄 발행 2022년 10월 20일

지은이 아모이

발행인 양원석 **편집장** 김건희 **책임편집** 주리아
디자인 구혜민, 김미선 **영업마케팅** 조아라, 이지원, 박찬희, 정다은, 전상미

펴낸 곳 ㈜알에이치코리아
주소 서울시 금천구 가산디지털2로 53, 20층 (가산동, 한라시그마밸리)
편집문의 02-6443-8904 **도서문의** 02-6443-8800
홈페이지 http://rhk.co.kr
등록 2004년 1월 15일 제2-3726호

ISBN 978-89-255-7747-0 (03810)